白山の丘の上から

生徒と共に生きる

杉原米和
Yonekazu Sugihara

みくに出版

はじめに

言葉との出会い

年末に書斎の整理をする。整理の途中で、また読み直したりするので〈寄り道〉ばかり。なかなか進まない。

ふと、自分の物の考え方の〈原点〉は、中高時代の読書にあると気がつく。私の場合は、武者小路実篤の『友情』、倉田百三『出家とその弟子』、三木清『人生論ノート』に、特に影響を受けた。

教師になって多く読んできたのは、中野孝次、加島祥造、河合隼雄、長田弘さん等である。

やはり、〈人生を如何に生きるか〉〈詩と言葉〉がテーマである。

つまり、哲学、宗教、文学。

中高時代の興味関心や読書は、後々まで影響する。書棚の本を出していたら、〈人生の棚卸〉の時間にもなった。

書棚の整理をしながら、そんな風に思ったのは、西田幾多郎『「思索と体験」以後』の「或教授の退職の辞」を読み返したからである。〈私の生涯は極めて簡単なものであつた。その前半は黒板を前にして坐した。その後半は黒板をあとにして立つた。黒板に向かって一回転をなしたといへば、それで私の伝記は尽きるのである。〉

そこから、西田の出身地である宇ノ気にある西田記念館で買った『寸心読本』があったことを思い出し書棚で探す。西田の人生を分かり易く書いたもの。その本の〈哲学の道〉という章で、金沢の四校時代に『哲学一夕話』（井上円了著）という本を読み、哲学の道に進もうと決心した事が書いてある。井上円了（明治期の仏教哲学者）は、私の勤務する京北・東洋大学の創立者である。

本との出会いは人生に大きく影響を与える。言葉の力の大きさである。

本書は、京北学園（京北中高等学校・京北学園白山高校）が創立者を同じくする東洋大学と２０１１年に合併して以後、毎朝、白山高校の職員室の先生方に発信してきたもの。そこから選んで一冊にした。

毎朝、〈今朝の言葉〉と〈共育のヒント〉を紹介している。〈今朝の言葉〉で、詩・短歌・俳句・ことわざを。そして、〈共育のヒント〉として折々に感じたことを載せている。これは現在も継続中である。言葉との出会いを大切にしたいからである。

私が教師になろうと考えたのは中学時代の国語教師や本との出会いによる。それを後押ししてくれたのが高校時代の教師が紹介した西田幾多郎の言葉である。

中高時代の多感な時期に、学校という場で多くの言葉と出会ってほしいと思う。

この本が、多くの教育に関心のある方々にとって、言葉との出会いや共育のヒントになることを願っている。

白山の丘の上から
生徒と共に生きる

目次

第三部　心に向き合う……115

第一部

よりよく生きる

人生最後の一日 ―スティーブ・ジョブズの死に思う

「ハングリーであれ。愚か者であれ」

アップル社の創始者である、スティーブ・ジョブズ氏が、2012年10月5日56歳の若さで亡くなった。死因は膵臓癌である。今、6年前のスタンフォード大学卒業式のスピーチの感動が、多くの人に静かに小波のように広がっている。

――愚か者と思われようと、自らの「内なる声」に従って行動し、常に挑戦者であれ、と。

ジョブズ氏は、次の三点を語っている。

①自分の人生の判断基準は、自分の中にある。興味を持ってやっていることが、いずれ人生のどこかで実を結ぶ。

②最悪の出来事でも、信念は失わない。「自分の大好きな事」を見つけ、「素晴らしい仕事」だと思えることをやる。

③毎日を、人生最後の一日だと思って生きる。死の前には、本当に大切なことしか残らない。

ドグマにとらわれず、自らの「内なる声」を聞きながら生きる。何より大事なのは、自分の心と直感に従う勇気。

私は、ジョブズ氏のスピーチから、二つのことを思い出した。

一つは、「最高の人生の見つけ方」というアメリカ映画。余命6ケ月と診断された男二人（富豪と自動車工の二人の老人）が、残り少ない時間で、かつての夢を追う旅に出る。より深く自分が求めていたものについて考え行動する。棺桶に入る前にやりたいことである。「荘厳な景色を見る」「赤の他人に親切にする」「涙がでるほど笑う」「ムスタングを乗り回す」「ライオン狩り」……この二人の老人のように、今を生きているか。

二つ目は、親鸞の「明日ありと思う心の仇桜夜半に嵐の吹かぬものかは」という、出家する前の歌。9歳の親鸞が、出家しようと青蓮院の慈鎮和尚を訪ねる。和尚から「もう夜も更け遅い。明日にしよう」と言われて詠んだ歌。親鸞は、「いつ無常の風が吹くかはわからない」と。

この親鸞の思いと、ジョブズの「人生最後の一日と思って生きる」は通じている。「切に生きる」ということ。日常を、「二人の老人」や「ジョブズ氏」のように思い生きることは難しい。しかし、より良く生きる上で考えさせられる。

天上大風

―顔をあげて空を見よう、さわやかな風が吹いている

柴田トヨさんは90歳を過ぎてから詩作を始めた。初詩集『くじけないで』(2010年3月)は150万部を超えるベストセラーとなり、第二詩集『百歳』を刊行。2013年1月に101歳で亡くなられた。その詩の一部を紹介したい。

〈私の人生の頁を/めくってみると/みんな色あせて/いるけれど
それぞれの頁/懸命に生きてきたのよ/破きたくなった/頁もあったわ
でも今ふりかえると/みんななつかしい/あと一頁と少しで百頁
鮮やかな色が/待っているから〉(「頁」)
〈貴方には貴方を心配してくれる/家族が居るじゃありませんか
ねえきっと/いい風が吹いてきますよ〉
(「振り込め詐欺事件、被害者の方」のために作った詩の一節)

私の感じるトヨさんの詩の魅力は、次の三点である。
①そよ風のように爽やかで、初々しい言葉
②「ありがとう」という感謝
③「ねえ　きっと／いい風が吹いてきますよ」「朝はかならずやってくる」という希望
女性詩人でいえば、生活実感を大切にして分かりやすく歌った茨木のり子・石垣りん・新川和江さんたちにつながる。

でも、プロの詩人と違い、トヨさんの詩は素人らしいストレートな言葉で読む人の心に届く。そして、希望を与え「命」の大切さを教えてくれる。

東日本大震災で挫けそうな国民の心にも、押し付けでなく「希望」を与えてくれる。希望を持ちにくい現代、老人の知恵と優しさが勇気を与えてくれる。

ユングは、夢の中に現われてくる老人を「老賢者」と呼んだ。困難から救い、生きる道筋を教えてくれる存在。

私たちは、夢を見なくなり「老賢者」の存在を忘れがちである。トヨさんは、私たちに「優しさ」「感謝」「希望」の大切さを日常の言葉で教えてくれる。

人高く、天高く ―陶芸家・河井寛次郎に思う

表題は、「上へ上へと顔を心を天上にむける」の意。

京都五条坂に河井寛次郎記念館がある。河井は、近代陶芸の巨匠。無位無冠の人で、人間国宝も文化勲章の推薦も断り、ひたすら美を追求した。世界万博のグランプリやミラノ・トリエンナーレのグランプリも、友人が河井に黙って出品したもの。

「民芸」という言葉は、思想家柳宗悦・陶芸家浜田庄司と河井によって生み出された。「民衆的工芸」の略。その土地、風土に根ざした人々の用途のための品々にこそ健全な美が宿っていると。3人に共通する点は、自分なりの「生きるスタイル」を持って物事を見ていたところ。今までの既成の美だけでなく、身近な民衆の生活用品の美を発見した。新しい価値の創造である。河井は友人の柳を「道を歩かない人 歩いた後が道になる人」と呼んだ。

河井の作品が独創的で新しいのは、常に自分と向き合い、自分を発見したからだと思う。それが、河井にとっての仕事であり「生きる歓び」だった。

「此の世は自分を探しにきたところ 此の世は自分を見に来たところ」

「新しい自分が見たいのだ 仕事する」

「いのちは歩く 自分をさがしに歩く」

「美に向かって進行する命 人間」

「生きる歓び」は河井が生涯を通し、最も尊んだ彼の哲学である。

ひたすら、「自分」を掘る。すると、「他者」とつながる。「個」を掘ると、「普遍」につながるところが面白い。また、河井には、素晴らしい友人がいた。棟方志功（版画家）・芹沢銈介（染色工芸家）・黒田辰秋（木漆工芸）等である。良き仲間である。

「国際化教育」、もう一方の片手に「日本文化理解」がある。自己理解を通して、他者理解につながることも忘れたくない。「共生」とは、そのような意味ではないか。

植木等 ―父から子へ「人間平等」から「スーダラ節」

植木等『夢を食いつづけた男　おやじ徹誠一代記』（朝日文庫）を読んだ。

植木等さんの父・徹誠《てつじょう》氏は、平等主義者で大らかな実践家であった。

「ありがとう、ありがとう。おかげで楽しい人生を送らせてもらった。」

徹誠さんの最期の言葉である。徹誠さんは、浄土真宗大谷派の僧であった。ただ、他の僧と違うところは、関心事がいつも現実社会の問題を解決することにあった点だ。

得度して僧になり、三重県多気郡荻原村大字栗谷小字栗谷（現在の宮川村）の常念寺に入った。息子の名を「等」と名づけるほど、自分の理想の根本を「人間平等」に置いていた。その生涯は、「差別」の側から「平等」の側へ、行為を通して覚者になろうとした人生といえる。息子の等によれば、「親父は、疑いもなく谷底にいる人間の味方。平等思想の持ち主だった」。ただし、教条主義的でなく自由であった。水平社や労働組合・農民組合の集会にも参加する大らかな実践家。その活動から、治安維持法違反で投獄されもした。

絶妙な間合いと柔軟な心を持つ人物でもあった。徹誠は「割り切れぬまま割り切れる浮世かな」と揮ごうした。また、召集令状が来た檀家の人に、こう話した。

「戦争というものは集団殺人だ。それに加担させられることになったわけだから、なるべく戦地では弾のこないような所を選ぶように。周りから、あの野郎は卑怯だとかなんだとか言われたって、絶対、死んじゃ駄目だぞ。必ず生きて帰ってこい。死んじゃっちゃ、年とったおやじやおふくろはどうなる」

息子の等は、東京本郷・真浄寺の小僧となり「近くの白山にある京北実業の夜間部に五年間通った」。そして、東洋大学に進学。

プロの芸能人になる時、父に「坊主は死んだ人間を供養する。芸能人は生きた人間を楽しませる。この俺は、生きた人間を楽しませたいから芸能界へ入る」と言う。

その背景には、父が檀家の人たちに語っていた「私の仕事は死人を供養することではなく、生きている人々のよき相談相手になること」という心がある。

昭和36年、等は「スーダラ節」を青島幸男の詩で歌った。徹誠は、その詩が親鸞に通じていると、息子にこのように伝えた。

「わかっちゃいるけどやめられない。ここのところが人間の弱さを言い当てている」。

父から子に、「平等主義」「庶民の視点」「柔軟心」の精神はつながっている。

北海道・旭山動物園の奇跡

―「動物のための動物園」復活プロジェクト

「動物も人間も、やりたいことができなければ幸せではない。だから、それぞれの動物のいちばんかっこいいところは、彼らがやりたいことをやっている瞬間である。それをお客さんに見せたかった。」

旭山動物園の前園長小菅正夫さんは、こう語る。

なぜ、日本最北で厳寒の地にある動物園に人が集まるのか。日本だけでなくアジア各国からも年間２５０万人の来園者が訪れる。「閉園の危機」を囁かれた動物園がどう復活したのか。前園長の小菅さんが書かれた『〈旭山動物園〉革命』（角川書店）と『マネジメントは動物園から学べ』（ＮＨＫ出版）を読みながら、改革のポイントを探った。

1．行動展示

従来の「形態展示」（動物の姿形で分類展示）や「生態展示」（動物の生息環境を園内に再現）ではなく、新しく「行動展示」（動物の最も特徴的な行動を見せる）を考えた。動物の個性を全面に出した展示、ということである。そして動物と入園者との距離を近くした。

2. 動物の側に立って考える

「動物園は動物のためにある」という視点。動物のありのままの姿を見せる。(「ペンギンの散歩」)

3. 入園者の立場に立つ

動物のことを一番考えている飼育係の感じる「感動」を、お客様に伝えようとした。顧客満足度を高める。(「ワンポイント・ガイド」)

4. 月に一回の職員勉強会

時には、月に二〜三回の勉強会を行う。世界一の動物園にしようと「何のための動物園なのか」を話し合った。それが、「やれることは何でもやろう」という職員の高い意識につながる。

5. アイデア

予算がなくても「アイデア」で話題を作った。(「夜の動物園」)

6. 飛びぬけた珍獣はいらない

それぞれの動物の「個性」を見せれば面白い。それは、「組織」も同じ。例えば飼育係もそれぞれの個性を活かせばいい。そして、園の仲間が一丸となって旭山動物園を復活させた。

このような改革の考えを、小菅さんはどこで学んだのか。北海道大学の柔道部時代に教えられたことに遡るという。

①限界をこえて自分自身と闘う。
②失敗をおそれずチャレンジする。どんなことがあっても、あきらめない。
③「目標」と「手段」を明確に掲げる。
④ひとつのことに、全員が全部の力を出す。

小菅さんや旭山動物園の職員さんの取り組みは、徹底的な「現場主義」で「動物」から学んでいる。そして、「学びの場」を自分たちで創っている。「学習する人間」の理想的な姿でもある。

何より「動物」に対する愛情に心を動かされる。それが「旭山動物園の奇跡」の、一番の原因であろう。

茶席の楽しみ ―花を愛で、掛け軸の禅語を楽しむ

茶席では、お茶を頂戴するだけでなく、お道具・お菓子・床の間のお花や掛け軸なども楽しむ。茶道は総合芸術である。

以前、私が習った京都の茶道の先生にこんなことを質問された。「このお茶室で一番貴いものはなんですか」。出席者が「~作の『茶杓』」「~の『茶碗』」「~時代の「『水差し』」などと口々に答えた。ところが、最後にその先生はおっしゃった。

「それは、今日私たちのために命を捧げてくれた床の間の『お花』です。そのお花に感謝することが大事です」。

道具を競うことになりがちだが、そうではなく、貴いのは「心」だと。お花を愛で、掛け軸の禅語を楽しむ。時に、自分に喝を入れる言葉と出会うことがある。私の好きな茶席の禅語を挙げてみたい。

■一期一会――会った時が別れと考える。また、同じ人と会ったとしても同じ出会いは決し

てない。一世一代の会である。

■喫茶去（きっさこ）——意味は「お茶を召し上がれ」。地位や身分、その日の迷いを忘れ、ただお茶を飲む。

■柳緑花紅——柳は緑、花は紅（くれない）、美しい春の眺め。すべての存在が、そのままに真実を語りかけている。同じような意味の言葉に「明歴々」（めいれきれき）「露堂々」（ろどうどう）がある。「露」は露（あら）わす、の意。

■和敬清寂（わけいせいじゃく）——個性を生かしながら和し、相手を敬う。すると心は清々しくなる。それが心の寂（しず）けさである。禅の心であり、茶のこころだといわれる。利休の言葉。

■日々是好日——自分を中心とした好い日悪い日のこだわりを離れる。どのような環境でも、真なるものを見つける。作家吉川英治も、こんな言葉を残している。

「晴れた日には晴れを愛し、雨の日には雨を愛す。楽しみあるところに楽しみ、楽しみなきところに楽しむ」

■随処作主立処皆真（随処に主となれば立処皆真なり）

自分の置かれた場所で、精いっぱいやるなら、どこにあっても真実の命にめぐり合える。「臨済録」※の言葉だ。私が一番好きな禅語。

※「臨済録」……臨済宗の開祖臨済の言行を弟子が記した書物。

情報化社会の中で
―映画『ハーブ&ドロシー』に学ぶ「生きるスタイル」

1992年、アートの好きな夫婦ハーブとドロシーのコレクション4000点がアメリカ・ナショナルギャラリーに寄贈され1000点余りが永久保存となった。残りも全米の50の美術館に50点ずつ寄贈。二人のコレクターとしての資質が全世界に話題になり、映画化された。監督は日本人の佐々木芽生さんだ。

「彼らはまれな存在よ。アートのために全てを投げ打ち、アートのためだけに生き、アートを愛し思いやった。とても純粋なの」（リンダ・ベングリス／アーティスト）

この映画で私が一番印象に残ったことは、ハーブの作品を見る「目」である。本質を見ようとする目。それが、「生きるスタイル」に貫かれている。自分のスタイルを追求することに貪欲なのである。何が大事で、何がそうでないのかを見抜く「目」なのだ。ハーブは郵便局員、ドロシーは図書館司書、というごく普通の老夫婦。ドロシーの給与で生活し、ハーブの給与で作品を買い続けてきた。二人のコレクションの特長は、次のとおりである。

①「自分の目で見る」。まだ評価の定まっていないミニアルアートやコンセプチュアルアートを、自分の目で見て買った。

②「友達になる」。展覧会をせっせと見て、気に入った作家のスタジオを訪ねた。そして、友達になり、作品を買った。

③「作品を愛した」。高騰した作品も売らない。アートを金儲けの道具にしない。

④「つつましい生活で、すべてをアートに」。1LDKのアパートに住み、その空間に収まる作品を買った。

⑤「夫婦仲良く」。二人の趣味が一致した。

「結婚して45年。一緒にいなかった日は片手で数えられるだけ。何でも二人で一緒にやってきたわ。アート作品に囲まれて、亀や魚そしてお互いがいる」(ドロシー)。

⑥「資料の整理と保存」。作品だけでなく、作家の資料が整理保存されている。これには、ドロシーの図書館司書という職業が役立った。

二人は人生で何が大事なのかをわきまえている。そして、大事なことのために、すべてを投げ打つ。その純粋さに心打たれる。ご夫婦の会話が絶妙だ。豊かな生活者である。二人にとっての「アート」を、私たちは別なものに置き換えてみる。

二人の生き方は、現代の「洪水のような情報化社会」で生きる方法を教えてくれる。

火を受け継ぐ ――西田幾多郎から老教師へ、そして……

「哲学の道」は、京都市左京区の南禅寺付近から金閣寺までの琵琶湖疏水に沿った散歩道。『善の研究』の著者であり、哲学者・西田幾多郎は、この道を歩きながら思索にふけった。また、西田の弟子の田辺元や三木清も、この道を好んで散策した。そこから、「哲学の道」と呼ばれるようになる。

その道の中ほど、法然院近くに西田の歌碑がある。

〈人は人吾はわれ也　とにかくに吾行く道を　吾は行くなり〉

世間の評判や思惑などを気にして、意見・態度を決めかねるのではなく、自分の信ずる道を行く。自分を掘り下げ、自分を信じて生きる。「潔さ」がある。西田の生き方を表している。

また、西田は、自らの精神的な境地を次のような歌にしている。

〈わが心深き底あり　喜も憂の波も　とどかじと思ふ〉

西田は石川県の宇ノ気町（現・かほく市）に生まれる。四高から東大に進み、故郷で旧制七尾中学の教師をする。その後、四高講師となり研究を続け、大正大学・学習院そして京都大学教授となる。四高時代の友人には、鈴木大拙（本名は貞太郎・「禅」の研究で知られる）と藤岡作太郎（国文学者）がいて、「加賀の三太郎」と呼ばれている。なお、藤岡の長女の綾は、雪の結晶で知られる中谷宇吉郎（加賀市出身）と結婚している。

私が七尾高校時代、一人の老教師（書道）がこの学校で教鞭をとっていた西田博士の言葉を紹介してくれた。西田が京都大学を退官する時の「或教授の退職の辞」の一節である。その老教師は自らの人生を重ねるようにして、ゆっくりと読んでくれた。（その老教師は、よく人生を語ってくれた。）

「回顧すれば、私の生涯は極めて簡単なものであった。その前半は黒板を前にして坐した。その後半は黒板を後にして立った。黒板に向かって一回転をなしたといえば、それで私の伝記は尽きるのである。」（『続思索と体験』）

その話を聞きながら、西田の、そして教師という職業にふるえるような感動を覚えた。人生は人から人へのリレーかもしれない。「伝統とは灰を継承することではなく、火を受け継ぐこと」と言われる。

私も、その老教師から火を受け継いだのかもしれない。

橘曙覧 ―「独楽吟」を味わう

橘曙覧《たちばなのあけみ》は江戸末期の歌人・国学者で福井の人。2歳で母と死別、15歳で父を失う。独学で歌人としての精進を続けた。彼の歌を編纂したものに、「独楽吟《どくらくぎん》」（52首）がある。すべて「たのしみは」で始まり、「とき（時）」で終わる。身近な日常生活を題材にし、喜びや幸せは外になく、自分の心の中にあると。「無一物中　無尽蔵」。無所有であるがゆえに、対象がありのままに見え身近な物に目が向く。その豊かさを知る。

1．清貧に生きる

・たのしみは　あき米櫃（こめびつ）に　米いでき　今一月（ひとつき）は　よしといふとき

・たのしみは　草のいほりの　筵（むしろ）敷き　ひとりこころを　静めをるとき

2．家族へのあたたかい眼差し

・たのしみは　妻子（めこ）むつまじくうちつどひ　頭（かしら）ならべて　物をくふ時

・たのしみは　まれに魚烹（に）て　児等（こら）皆が　うましうましと　いひて食ふ時

・たのしみは 三人（みたり）の児ども すくすくと 大きくなれる 姿みる時

3．自然の変化に対する細やかな目

・たのしみは 朝おきいでて 昨日まで 無（なか）りし花の 咲ける見る時

1994年、天皇・皇后両陛下がアメリカ訪問した際、ビル・クリントン大統領が歓迎のあいさつでこの歌を引用した。

・たのしみは昼寝せしまに庭ぬらしふりたる雨をさめてしる時

4．創作の喜び

・たのしみは 百日（ももか）ひねれど 成らぬ歌の ふとおもしろく 出（い）できぬる時

5．野山を散策

・たのしみは 空暖（あたた）かに うち晴れし 春秋（はるあき）の日に 出でありく時

6．「心をおかぬ友どち」と読書の楽しみ

・たのしみは 心をおかぬ 友どちと 笑ひかたりて 腹をよるとき

・たのしみは 人も訪（と）ひこず 事もなく 心をいれて 書（ふみ）を見る時

曙覧は、現代風にいえばプラス志向の人。「知足」の生活。人や自然に対する眼差しの優しさは、良寛と同じ。ただ、曙覧の場合は「家族」がある。

自分ならば、「たのしみは」のあとに何を続けるか。

生きていく知恵と楽しみ　―松浦弥太郎『今日もていねいに。』

「目に見えない部分を初々しく保つ。これが新鮮に生きていく方法だと僕は思います。」『今日もていねいに。』（ＰＨＰ）の著者松浦弥太郎さんは、『暮らしの手帖』編集長だ。

松尾芭蕉は「よく見れば薺（なずな）花咲く垣根かな」と詠んでいる。目立たぬが、可憐に咲いている花。「幸せ」も身近なところにあることに気がつかない。遠く外に求める。松浦さんの文章は、そんなことを教えてくれる。

1．魔法の杖「あいさつ」「笑顔」「強い願い」
2．一歩だけ前に
3．「絶対」「普通」を禁句に
4．香りの効用
5．いつも発見
6．今を、ていねいに

7. 清潔感

8. 関係を育てる

9. 一人の時間

10. 手紙

11. 読書と旅

12. 人を先生に

松浦さんの文章を読みながら、加島祥造さん（『求めない』小学館）の次の言葉を思い出した。

「求めない……／すると／いま持っているものが／いきいきしてくる」

「求めない……／すると／心が広くなる」

〝求めない〟という言葉には、柔らかさと広がりが感じられる。〝知足〟ということか。

今、持っているものの豊かさを忘れたくない。

出井伸之さん（元ソニー会長）が、「どのように改革を進めていけばよいですか」という質問に、「新しいビジョンを描く時に、過去のよいものを残しながら新しいものを作る。残すものは何か、変えるものは何か、真剣に考えねばならない」と話されていた。学校改革も、持っているもの（伝統・良いもの）を大切にしながら、積極的に果敢に進めたい。

水に聞く ―水にまつわる言葉のいくつか

水のありようは、様々なことを教えてくれる。人の気持ちも、「滞る」ことで不自由になる。自由な境地とは、さらさらと水が流れるようなものか。

・「流水」

水は「仏の心」を象徴すると言われる。

「岩もあり木の根もあれどさらさらとただささらさらと水のながるる」（甲斐和里子）

一処にとどまることなく、絶えることなく、さらさらと流れてゆく。無心で自在のありようをさす。

・「行雲流水」

行く雲や流れる水のように定まった形がなく、自然に移り変わること。人生も同じ。変化の中で無心に淡々と生きる。禅の修行僧を「雲水」というのは、一処にとどまらず師を訪ね修業行脚したことに由来している。

・「上善如水」（上善は水の如し『老子』より）
最も理想的な生き方（上善）は、水のようである。「上善は水のごとし。水は万物を利して争わず。衆人の悪（にく）む所に居る。故に道に近し。」
・「君子の交わりは淡きこと水のごとし」（『荘子』より）
君子は人との交わりが水のようにさっぱりしており、友情は永く変わることがない。
・「知者は水を楽しみ仁者は山を楽しむ」（『論語』より）
知者が物事を円滑に進める様子を、とどまることなく流れる水にたとえる。また、仁者が欲に動かされずに天命に安んずる様子を不動の山にたとえる。
・「水五則」（黒田如水）※黒田は、安土桃山時代の武将。
①自ら活動して、他を動かしむるは水なり。
②常に己の進路を求めてやまざるは水なり。
③障害にあいて激しくその勢力を百倍し得るは水なり。
④自ら潔うして、他の汚濁を洗い、清濁あわせ容（い）るるは水なり。
⑤洋々として大洋をみたし、発しては雲となり、雨雪と変じ、霧と化す。凝っては玲瓏（れいろう）たる鏡となり、しかも、その性を失わざるは水なり。

水が流れるように、風が大空を吹きわたるように
―新井満『自由訳老子』(朝日文庫)

老子は、2500年ほど前、中国の春秋戦国時代に生きたとされる哲学者。『老子道徳経』を残す。作家・新井満さんによる『自由訳　老子』を読み、感じたところをまとめてみた。

1.「あるがまま」に生きる

「(道は)あるがまま自然に/いのちの宇宙大河となって流れつづけている/ゆったりとおおらかにね」

「あるがまま」に生きることは、難しい。道元禅師は、中国で禅を学んで帰国。何を学んできたかと問われたら、「花は紅柳は緑」と答えた。「眼横鼻直」の世界だ。

とらわれの目で見ていると、「あるがまま」から遠く離れる。陶潜(陶淵明)の、悠然として南山を見るような世界の豊かさに気がつかない。

他人を見る時も、「あるがまま」に見ることは難しい。

2．やわらかくしなやかに

「固さとは、死と老いのシンボル／やわらかさとは、生と若さのシンボル

そもそもいのちとは、やわらかくしなやかなものなのだよ」

水は天下で最も柔らかくしなやかなもの。それは、強くて固いものに最もよく打ち勝つ。点滴石を穿つ。剣の達人も水を切ることはできない。

老子の逆説の論理には、この「柔弱が堅強に勝つ」の他に、「曲なれば即ち全し」（曲がっているからこそ、生命を全うできる）「無為にして而も為さざるなし」「知る者は言わず」などがある。

3．自分を知る

「自分を知る者を、真の賢者というのだ／他人に勝つことより／自分に勝つことの方がむずかしい／自分に勝つものを真の強者というのだ」

より良く生きるためには、先ず自己理解が大切。他者との関係の中で、自分の「眼鏡」を点検しなければ、道を間違う。生徒との関係でも、先ず教師の自己理解が大切。

「山中の賊を破るは易く、心中の賊を破るは難し」（王陽明）。自分の心を律することは困難である。

4. 和光同塵（わこうどうじん）

「才能の光は、やわらげておきなさい／世俗の塵の裏側に、そっと隠しておきなさい」

凡人として、ひかえめに生きる。その道の一流の人は「〜くささ」がなく自然体。老子の言葉のように、自分の才知や能力の鋭さを誇らず、つつしみ深い。そして、世俗と歩調を合わせていく。故佐治守夫（東大名誉教授・カウンセラー）先生は、そんな方だった。農夫のような風貌。「和光同塵」という言葉を、色紙に書かれていた。

カウンセリングは、自己理解を深め、人間関係を改善する。

5. 無用の用

「無用の用の〝無〟となって／大きなはたらきをなし／人々の役に立ちながら／決して目立とうとせず／ひっそりとひかえめに生きている」

室が室として役立つのは、中になにもない空な部分があるから。「有」が有益なのは、それに先立ち「無」の部分があるからである。

人も、目に見えない自分の世界が、自分を支えてくれている。

白洲正子の生き方 ―骨董とのつきあい

旧白洲邸「武相荘」を訪ねた。小田急線鶴川駅から徒歩十分。白洲次郎と正子が築百年以上の農家に引越してきたのは昭和十八年のこと。武蔵と相模の境にあることと、「無愛想」をかけて名づけられた。

母屋の入り口に置かれた常滑の大壺には、野の花が活けられていた。「活け方は壺が教えてくれる」とは、正子の言葉。室内には、様々な骨董が日常使いのままに置かれている。あたかも住人の一人のように。ものは、使っているうちにこなれてくる。

「鑑賞のためでなく、実用に作ったところに、こういう健康な形が生まれた。その生い立ちを尊重して、焼き物は、すべて使う為にしか買わない。」（「壺と私」）

「私などが日常使っている安物の伊万里でも、毎日使っていれば自ずからまろやかな味が出てくる」（「骨董との付き合い」）

壁には「何事非娯」の額。ナニゴトカタノシミニアラザル（どんなものでも楽しみにならない事はない）。正子の祖父、樺山資紀《かばやますけのり》（薩摩藩士で海軍大臣）の書である。武相荘を象徴する言葉に思われる。主体は自分にあり、気持ちの持ちよう次第。人生を楽しむ姿勢がうかがわれる。

正子の「眼」で選ばれた数々の骨董。訪れた人に静かに語りかけてくれる。正子は、骨董と対話しながら、自分を磨いていた。

また、昭和31年から15年間、正子は鶴巻から銀座に通う。そして染織工芸の店「こうげい」を営む。苦手そうに思われる客商売。何を学んでいたのか。

「自分でいいと信じ、売れなかったら私がかぶろう、と決心して飛びついたものは出足が早く、お客様の顔色を考えて遠慮しいしい仕入れたものは売れ行きが遅い。（中略）お客様のためを思うのと、おそるおそる鼻息をうかがうことは違うのだ。」（「きものの美」）

世間の流行に媚びず、自分を磨き自分を出していく。それが、正子流の生き方。

京都に「魚津屋」という、正子が取材で京都や滋賀を訪ねた時に、立ち寄っていたお店がある。お店の中には、大きな甕が置かれ、ざっくりと季節のお花が活けられている。お料理の器や置物も、ご主人の眼力を感じさせられる。ご夫婦から聞く「白洲正子の人となり」のお話が、実に楽しい。

岩波茂雄と「風樹の嘆」

「樹　静かならんと欲すれども、風　止まず。子　養わんと欲すれども、親　待たず。往きて見るを得べからざるは親なり」（「韓詩外伝」（中国の古代説話））

岩波茂雄の座右の銘、「風樹の嘆」である。

意味は、以下のようなものだ。風樹は、風に吹かれて揺れる木のこと。木は静かにしたいと思っても、風を止めることはできない。思うとおりにはできない。

親に孝行をつくそうと思う時には、すでに親が死んでしまっていて、孝行をつくすことができない。一旦あの世に行ってしまえば、二度と会えない者は、親である。

親が存命なうちに、せいぜい親孝行を、という教えであろう。

岩波茂雄は、岩波書店の創業者。明治14年、長野県諏訪の農家に生まれる。15歳の時に、父が病死。一高時代の友人・藤村操（京北中学・明治35年卒業）の自殺に衝撃を受け、40日間山小屋にこもり死について考える。浄土真宗の近角常観や内村鑑三の影響を受ける。岩波書店が、創立以来哲学書に力を入れてきたのは、茂雄の青春時代の体験からくるのであろう。

東大哲学科を卒業後は教師（神田女学校）になるが、大正2年退職して神保町に古本屋「岩波書店」を開く。大正3年には、夏目漱石の『こゝろ』を出版。漱石没後は、漱石全集を刊行。昭和15年には、学徒及び篤学の学者・研究者を援助する目的で財団法人「風樹会」を設立。彼の周辺には、多くの文学者や学者が集まり、「岩波文化」と称される独自の出版文化を築き上げた。

現在、信州諏訪中洲の生家跡地は公園になっており、樹齢200年を超えるカラモモの木がある。彼の没後、公園の横に茂雄を記念する「信州風樹文庫」が作られた。文庫には、岩波書店からすべての出版物が送られてくる。中でも、「岩波茂雄展示室」が興味深い。そこには、茂雄の好きな言葉「低処高思」の額が飾られていた。これは、ワーズワースの「低く暮らし高く思う」からきている。

また、階段の途中に「天地に大義あれ人類に平和あれ」という額も飾られていた。司書の方のお話では、昭和13年4月、出征兵士のための寄せ書きの布に茂雄が書いた言葉だという。

このような茂雄の生き方に、静かな感動を覚える。

禅語に学ぶ ―無事是貴人

『禅語事典』（平田精耕・PHP研究所）は、私の愛読書である。著者は、元花園大学教授で天龍寺派管長。初めて読んだのが、平成6年1月のことだった。それから、何度となく読み返してきた。

「随処に主と作れば、立処皆真なり」（いつどこでも主体性をもって真実の自己として行動し、力の限り生きる。そうすれば、どこにおいても真実を把握でき、外界に翻弄されることはない。）

「直心是道場」（素直な心で生きていれば、その場所が街中の喧騒の場であっても、道場即ち修行の場である。）

今ここで、ありのままで生きることがいかに難しいか。「とらわれない心」の難しさ。禅語の内容が、遥か遠くの雲と連山を眺めるように思われた。

あるお茶会の茶室に「無事是貴人」の掛け軸が掛けられていた。『禅語事典』には、「無事」

とは何事もなかったことではなく、「静寂の境地をいい、真に自己に立ちかえった心の安らかさ」とある。

良いことも悪いことも、ないまぜな日常。悲喜こもごもの毎日。そんな中で、未熟な「自分」に出会う。日常の苦労は自分を磨く「砥石」かもしれない。右往左往しながら「自分」に帰る。その「自分」が問われてくる。

私の茶道の師が、稽古の折に「毎日色々なことがあります。しかしお茶を点てる時には、いつもと同じように、何事もなかったように点てなければ。そうでなければ、飲んでいただく方に申し訳ない。一期一会ですから。また、仮に十人お客様がいたら、十人同じように美味しく点てることができなければ」と語っていた。「何事もなかったように自然に点てる」には、自己の修練と技術が必要だと。「茶禅一味」とは、このことか。

水仙の「一種活け」もそう。水仙は一本の花と四枚の葉から成り立っている。根元の白い袴をはずして、ばらばらにして長さを調整して組み直す。袴が切れて、何度も失敗する。「花は野にあるように」とよく言われる。自然に見えるように活けるまでには、修練が必要。人もまた、同じではないだろうか。自分とは何かという自己分析と自己理解を通して、「新しい自分」を組み直し創造していく。

水仙の花言葉は「自尊」。自分を大切にするためには、自分を知らねばならない。

人は夢を生きる旅人
――若山牧水記念館・芹沢光治良文学館を訪ねて

静岡県沼津市に「牧水記念館」がある。若山牧水は歌人で、早稲田大学英文科卒業。同級生に北原白秋がいた。九州日向出身の牧水だが、沼津の千本松原を愛した。記念館前の千本浜から眺める富士は絶景。遥かなものに憧れる牧水らしい場所。

「幾山河越えさり行かば寂しさのはてなむ国ぞ今日も旅ゆく」
「白玉の歯にしみとほる秋の夜の酒は静かに飲むべかりけり」

牧水は「旅と酒の歌人」と言われる。旅を愛し各所で歌を詠んでいる。また、大の酒好きで一日一升程度の酒を飲んでいたという。

大正十三年、家（沼津）の新築と雑誌発行の資金調達のために、揮ごう旅行（夫婦で全国行脚）を始める。牧水の書が多いのも、そんな理由からなのであろう。旅の一因が新築の資金調達と知り、「人間牧水」が余計身近に感じられた。

年譜によると、牧水は明治三十七年に歌の師となる尾上柴舟に出会う。柴舟は弟子の牧水を「そのかみの西行芭蕉良寛の列に誰置くわれ君を置く」とまで詠んでいる。それほどに師から高く評価されていた牧水。師と弟子の出会いの幸せ。

その足で近くの芹沢文学館に向かう。芹沢光治良が生まれた我入道《がにゅうどう》に文学館はある。館内では、自伝的長編『人間の運命』の生原稿や全著作が展示されている。芹沢文学は国内だけでなく、海外でもフランスを中心としたヨーロッパで評価が高い。晩年は「神シリーズ」と呼ばれる一連の作品を発表。展示物を見ながら、一人の人間の成す「仕事の大きさ（文学）」に圧倒される。

「文学はもの言わぬ神の意思に言葉を与えることだ」という芹沢の書も飾られている。97歳まで書き続けた芹沢は、何者かに生かされていたようにも思える。

外に出て、公園を歩くと芹沢の碑があった。

「幼かりし日われ父母にわかれ貧しくこの浜辺に立ちて海の音風の声をききてはるかなるとつくにを想えり」

人は遥かなるものに憧れ、夢を生きる旅人なのかもしれない。

「感動」は人を創る――椋鳩十記念館を訪ねて

「感動は運命の扉を開く」（椋鳩十）

本や人との出会いの感動が、自分の人生の道を決めてくれる。「日本のシートン」と呼ばれる児童文学作家・椋鳩十（本名：久保田彦穂）は1905年、長野県に生まれる。飯田中学時代に佐々木八郎（後に早大名誉教授・平家物語の研究者）や正木ひろし（弁護士）から教育を受ける。法政大学・法文学部（文学部）国文科を卒業し（卒論は「南総里見八犬伝」）、鹿児島に渡り女学校の国語教師をしていた。1938年から、児童文学に専念する。

椋は『大造爺さんと雁』や『片耳の大鹿』等で有名な作家であり、鹿児島県立図書館長として「母と子の二十分読書運動」を推進した。この運動の大きな柱は「子どもが教科書以外の本を二十分間くらい読むのを母親がかたわらで静かに聞く」こと。「子どもの声を通して、しかも、同じ主題で母と子が感動したり、笑ったり、考えたりする

ことは、母と子の心がほんとうに生き生きと、じかにとけあっていることではないでしょうか」（雑誌「母と子の手帳」より）

読書を通じて母と子の心の触れ合いを考えていたのであろう。また、椋は鹿児島に住んでいても故郷の喬木《たかぎ》村の自然が忘れられずに、周囲の人に次のように何度となく語っていたという。

「信州の山はいいに、秋になると山は一夜にして真っ赤に紅葉し、冬の夕日に映える雪の南アルプス、枯れ木のような白樺林、春になると一斉に芽を吹く、目の覚めるような青葉など、四季がはっきりしているなー」

晩年には、喬木村に家を建て後援会活動を続けていた。そんな椋を偲び、1992年喬木村立「椋鳩十記念館」と図書館が建てられた。記念館にあった次のような色紙に、心ひかれた。

「見る聞く読むは人間をつくる三大要素である」つまり、「ものを心眼でみる」「人の話を謙虚に聞く」「明哲の士（ものの道理がよく分かる人）の作品を読む」が自己形成の三大要素だという。

館内の展示品からは、椋の優しい人柄と、人生に対する真摯な姿勢が感じられた。

急がば回れ

よくこの諺を思い出す。辞書では、「急ぐときには、危険な道より、遠くても安全な本道を通る方が結局早い」という意。語源は、宗長（室町時代の連歌師）の歌から。「もののふの矢橋の船は速けれど急がば回れ瀬田の長橋」

東海道を通って大津に行くには、草津から大津へ琵琶湖を横断する「海路」と、遠回りの瀬田の唐橋経由の「陸路」があった。ただ、海路は比叡おろしの空風で危険。

私は、この諺を自分なりに次のように解釈している。「先を急ぎすぎると自分が見えなくなってしまう。むしろ、回り道（迂回路）・寄り道がかえって自分らしい人生を見つけることにつながる。それこそ、本道ではないか」「途中をゆっくり楽しみながら、自分を創っていく」という意味である。自分のスピードで歩く。

人生の出来事は、もともとニュートラルなもの。それを好悪で見るのは、自分の枠組み。急ぎすぎると、他人や世間の枠組みで判断しがち。他者に振り回されて、時には自分を失い分からなくなってしまう。既成の枠組みに支えられながらも、自分なりの枠組みを作るためには、回り道や寄り道が有効だと思う。

まっすぐな道でさびしい（種田山頭火）

人は、ワンウエーの道を歩く「旅人」かもしれない。旅の途上で様々な人と出会い、迷いながら、喜び涙する。そして、時に道ばたの草花に足を止め、憩う。

以前、クラスの生徒から、夜中に電話がかかってきた。お母さんが傍にいて「あなたが変わらなければ、私は死ぬしかない」と泣いているという。中学時代は、お母さんの言うままに「良い子」でいた。でも、今は、自分のやりたいことをしたいと。よく、人は相手に不満を持ち、相手を自分の思ったように変えようとする。しかし、人を変えようとするより自分を変える方が早い。自分の枠組みを広げることを考える。そこから、母と子の「新しい関係創り」が始まった。今は、その生徒も、卒業して働いている。一つの考えに縛られず、回り道を楽しみながら自分に立ち返り、「自分なりの花」を咲かせていきたい。

夢の実現 ――「自助」と「共助」の精神

「私の仕事も、やっと少しわかりかけてきたと思ったら、いつか八十路を超えてしまった。（中略）私はこれから死ぬまで、初心を忘れず、描くとも生きた絵が描きたい。」（『牛のあゆみ』中公文庫）

日本画家の奥村土牛さんは、代表作の多くを60歳を越えてから描いた大器晩成型の画家。私は「鳴門」（70歳）「門」（78歳）「醍醐」（83歳）という作品が好きである。

雅号「土牛」は、丑年生まれと、寒山詩の一節「土牛、石田を耕す」に由来する。土牛とは、古来中国の豊作を祈願する土製の牛のこと。そんな壊れやすい牛でも、根気強く荒れ地を耕し、やがては美田に変えていく。そこから、「ねばり強く努力していれば、やがて物事は成就する」の意だ。前途は、誰しも平坦な道ばかりではない。しかし、人生の道は自分で積極的に切り拓いていくものである。

また福沢諭吉は、蘭学を始めた杉田玄白ら先覚者の挑戦を「自我作古」と評した。「自我作古」（じがさっこ「われより、いにしえとなす」）とは、自分（我）が歴史（古）を作ること。

つまり、「前人未到の新しい分野に挑戦し、たとえ困難や試練が待ち受けていても、それに耐えて開拓に当たる勇気と使命感」のことである。

人間の成長で、私は二つのことが大切だと思う。

一つは、「自助」の精神。「土牛石田を耕す」や「自我作古」のような、ねばり強い精神である。「～してほしい」「～のせいで～できない」と他者に依存するばかりでなく、自分の頭で考え、自分で目標を実現していく。

二つ目は、「共助」の精神。「自分だけよければいい」という考えではなく、他者を大切にし協調する。自分の夢が他者（社会や人類）の夢と一致した時、「共振」し、そして、自分を助けてくれる人が現れる。親だけでなく師や友人の存在が必要であろう。

自らが他者と協調しながら、主体的に学ぶ。そして、自分の「夢」を実現していく。

抱真 ―「素樸ということ」

「抱真」は「真を抱く」。本物を内に持つこと。それぞれの人が、何を大切にして生きてきたのか、これからも生きていくのか。そこに立ち返りながら歩む必要があると思う。私の場合は、価値基準の一つに「素樸ということ」がある。

「自分のなかにある素朴な素質を／なによりも大事にすること――／自分のなかにある本性は、もともと、／我を張ったり、／欲張ったりしないものだ、と知ること――

まあ、これだけは、／時おり、思いおこしてほしいんだ。」（『老子』加島祥造訳）

作家・住井すゑさんは、自宅の敷地内に「抱樸舎」を建て、様々な人たちが集まる学習会を開いていた。「抱樸」の由来は、『老子』（19章）の「素を見（あらわ）し樸を抱き」から取っている。「素」は生地のままで「あるがままの純粋さ」。「樸（朴）」は山から伐りだしたばかりの原木のこと。老子は、人間性の本来的な自然、とらわれのない素朴さから、人間の生き方を根源的に考え直そうとした。そのためには、「私を少なくし、欲を寡（すくな）くする」（我を張ったり、欲張ったりしない）ことと説く。住井さんは著書『続地球の一角から』の中で、「抱樸舎」の由来について次のように書いている。

「原木は、一見、不恰好で、何の取柄もなさそうです。しかし、原木――樸《アラキ》は手の施しようで、人間のすみか――家ともなれば、家具ともなります。或いは又精緻な工芸品ともなれば、より高度な芸術品ともなります。つまり樸（原木）は、多種多様の可能性を備えているわけです。人間もそのように、見かけは何のへんてつもないが、内に多種多様の可能性を備えている存在こそ価値があるのではないか？こういう意味で、『抱樸舎』となりました。」

老子や住井さんは、「抱真」の「真」を「樸」（素朴な心を抱き続けること）に置いた。では、「内に多種多様の可能性を備えている存在」である人間が、どうしたら自分なりの「真」を見つけられるか。本物を抱くことができるか。私は三点考えている。

一つは、自分の価値基準の物差しを持つこと。物差しは、たくさんあってよい。その方が、豊かな人生を生きることができる。

二つ目は、本物に触れること。芸術品でも人でも、一流の物や人に接する。その中から、生き方のモデルを持つこと。やはり、生きる上で、モデルは必要である。

三つ目は、感動を通して「真」を抱く。人は感動して涙を流した時、自分の願っている方向性や本当の「志」を知る。そして心に本物を作っていく。

吉川英治「朝の来ない夜はない」──まっすぐな向上心

高校時代、吉川英治の『親鸞』や『新平家物語』の面白さに夢中になった。特に、登場人物の人間性にひかれ、躍動感溢れる描写に目を見張った。

英治の言葉に「吾以外皆吾師」(吾れ以外皆吾が師)がある。『新書太閤記』で、秀吉の心中として次のように書かれている。英治自らを語っているともいえる。

「逆境に育ち、特に学問する時とか教養に暮らす年時などは持たなかったために、常に、接する者から必ず何か一事を学び取るということを忘れない習性を備えていた。だから、彼が学んだ人は、ひとり信長ばかりでない。(中略)我れ以外みな我が師也と、しているのだった」

吉川家は、父直広が酒に溺れ、貧窮生活に陥った。そのため長兄の英治は、明治36年11歳で小学校を中退し、様々な職を転々とし家計を支えた。以後社会の辛酸を舐める。「吾以外皆吾師」は、苦労人の英治が「人生」という学校と教科書で学んだ言葉だと思う。東京都青梅市にある吉川英治記念館で英治の業績を一覧し、「吾以外皆吾師」の書の前に立った時、すっと心に落ちた。本当に英治は努力の人であり、他者から学ぶことのできる謙虚な人だと。

「元日や今年もどうぞ女房どの」

英治の家族を大切にする心がわかる句だ。吉川家は、家族が団結し苦しい時代を乗り切っている。それゆえ吉川文学には「家族愛」「骨肉愛」を大切にするものが多い。

「自分に、ほんとうに、書けるのは、骨肉愛だと思っている。（中略）父性愛、母性愛、兄弟愛、そういう或る場面の描写に熱してくると、創作者の立場にありながら、書きつつ、涙が出て、あとで、自分でも、おかしく思うことがある。」

英治は、マイナスに思える人生の辛酸を、作品にプラスとして結晶化したのである。

記念館の展示品の中に、英治が作った茶杓があった。英治の人となりの「清々しさ」と「高潔さ」を感じさせてくれるものだった。

以前、茶杓作りをした時のこと。私は講習会の先生に「これは、薬の匙だね」と言われた。元気をなくした私に、先生の奥様が「茶杓も、もともと薬の匙じゃない」と救いの手。気を取り直した私は、今度は「先生、吉川英治の茶杓のようなものを作りたいのですが」と軽い気持ちで言ってしまった。先生曰く「そりゃ、あんたが吉川英治のような人間になることだよ」と。利休の茶杓は、利休そのものなのである。

祝祭としての人生

――山本寛斎『熱き心　寛斎の熱血語10カ条』（PHP新書）

「日本の美しいもの……それが日本でも世界でも通用することを証明したかった」

２００８年4月、江戸東京博物館で15周年記念企画「熱き心展～寛斎元気主義」という山本寛斎作品展を観た。初め、なぜ「江戸博」なのかと疑問に思った。案内を読むと「日本の伝統文化を見つめ、日本人が培ってきた美学を探究し、世界の舞台で表現してきた」とある。江戸のデザインを現代風にアレンジした斬新な作品が多数展示されていた。江戸から現代に、そして未来につながるという企画意図が分かる。派手な寛斎は、自分とは無縁の人と考えていた。ところが、寛斎のプロデュースしたイベント「スーパーショー」のビデオを見て驚いた。人の心をつき動かす情熱、パワー、自信に満ちた表情に圧倒される思いがした。

寛斎は、デザイナーとして、既成概念を突き崩すデザインで、１９７１年日本人として初めてロンドンでファッションショーを開催し世界の舞台に躍り出た。

その後、74年パリ・コレクション、79年ニューヨーク・コレクションと参加し地位を確立した。ただ、それだけでなく、ファッションショーを超えた「スーパーショー」を通して「人間のエネルギーの強さ、素晴らしさ」を表現し続けてきた。

「ファッションも音楽もあって、他にもたくさん……とにかく、全部あるんですよ」

93年ロシア・モスクワでのスーパーショー「ハローロシア」は12万人動員の快挙。その後も、「人間賛歌」をテーマにしたスーパーショーを各国で続けている。

寛斎は、1944年横浜生まれ。両親が離婚し、3人兄弟で伯父を頼って高知県へ。補導され児童相談所に収容されるが脱走。高知などを転々とした後、祖父のいる岐阜に落ち着く。

著書『熱き心』の中で、自分の人生を振り返り「きれいで明るくて元気いっぱいの世界を作り出そうとする」のは、過去の「原風景から逃れようとする本能的な衝動なのかもしれない」と書いている。「色彩は、生き方にかかわる」とも。寛斎の人生という「服」の裏地を見た気がした。明暗くっきりとした人生である。「暗」をバネにして「明」に飛び跳ねたような「生きる強さ」がある。「暗」が濃いほど、「明」は際立つ。

寛斎は、徹底的なプラス思考で生きている。夢の実現のために、愚直に努力する。最後まであきらめずに熱く願えば、いつか人生という写真のネガが、ポジに逆転すると教えられた。「人間・寛斎」として身近に感じ、無縁な人ではなくなってしまった。

落ち穂拾い

「言葉」は、人間という一本の樹木の「落ち葉」かもしれない。

1.「人はことばで鳥のように飛び花のように咲く」（川崎洋）

詩人川崎洋さんの「鳥が」という詩の一節。人は言葉で自由に空想の世界に遊ぶことができる。自由自在に。もちろん、飛ぶ術は身につけなければならないが。そして、言葉を通して心を開き、「自分」という花を咲かせていく。

2.「チャレンジすることで新しい世界が見えてくる。結果がどうなろうと関係ない。これからもエンドレスにチャレンジします。」（堀江謙一）

「チャレンジ」は、冒険家堀江謙一さんの好きな言葉。普段私たちは「考える」時に否定的なことを考えがちだ。失敗したら、という不安で、躊躇し行動しないことが多い。その結果「世界を知るチャンス」を逃しているのかもしれない。

3.「退行は退化のみを意味せず、むしろ根源的な生命に戻り、新たな生命を自分の精神活

動の中に再統合する試みであり、再生や生まれ変わりとしての意味を持っている。」（ユング）

「こもる」ことの意味を考えさせられる。再出発する上では、立ち止まり、エネルギーを蓄えることが必要かもしれない。長い目で見れば、「不登校」の生徒も、自分に合った速度を求め、エネルギーを蓄えているのかもしれない。

4．「Nothing is awful, but only inconvenient!」（アルバート・エリス）

「論理情動療法」※のエリスの言葉。「もうだめだとか、おしまいということはない。ただ、ちょっと遠回りになるだけだ。」同じ出来事でも、受け取る人にとって悩みの度合いは違う。つまり、その人の認知の仕方が違うから。「ネバナラナイ」とか「スベキデアル」という考えばかりだと、自分が苦しくなる。それを、「デアルニコシタコトハナイ」に変えてみる。色んなことが起こっても、「それで全てが終わるわけではない。なんとか、今までもその困難を乗り越えて来たのだから。」と考える。

5．「思いもよらず光が陰の中からとどいてくる。」（大須賀発蔵）

大須賀さんは、元茨城県いのちの電話理事長。東洋大学で、インド哲学を学ばれた方だ。辛く苦しいことの中にも、どこかに光は見えてくる。そして、「陰」が「光」に逆転することもある。だから、人生は不思議で面白い。

※「論理情動療法」……アルバート・エリスが創始した心理療法の一種。

6．池中蓮華（池の中に蓮華あり）
大如車輪（大きさは車輪の如し）
青色青光（青色には青光）
黄色黄光（黄色には黄光）
赤色赤光（赤色には赤光）
白色白光（白色には白光ありて）
微妙高潔（微妙高潔なり）（「仏説阿弥陀経」より）

極楽の池の話。「青色には青光」とは「青い蓮の華は青く光り」。「微妙高潔」とは「あたりは素晴らしい清らかな香りにつつまれている」という意味。青い色は青い色のまま光っていればいい。それぞれが、そのままに。

この蓮の華のように、一人ひとりがそれぞれの輝きを発していればいい。

7．「自己もまた、本質的には変化し分化していく過程である。」（友田不二男）

自己概念があまりに固いと、自分も他者も、固い枠の中に入れがち。「ネバナラナイ」に縛られる。ある程度はそれで進むが、いつか行き詰まる。そこから悩み、自分の固い自己概念をゆるめていく。これが「変化し分化していく過程」。「成長」とも呼べるのではないか。

自分らしい花を ――「内なる声」を聴く

「おびただしい色は人の目をまどわせ、／おびただしい音は人の耳をだめにし、／おびただしい味は人の口をそこなう。」（張鍾元『老子の思想』講談社学術文庫）

現代は、様々な物や情報が溢れている。外界の事物に振り回され、自分が何を求め、どれくらいの物が必要なのか見えなくなっている。「内なる真実の力」にも、気がつかない。地図の無い、海上を漂流する小舟のようである。そして、若者の中には、生きている実感が感じられないと語り「リストカット」する者もいる。自分にぴったり当てはまる、生きるための簡便な答えを求めるが、誰も教えてくれない。書物にも書かれていない。だが、それに答えを与えるような題名の本が所狭しと書店の棚に並ぶ。それだけ多くの人が迷い、「生きる意味」を外に求めているのかもしれない。

だからこそ、ますます、私たちは「内なる声」を聴くことが求められている。自分の「内なる声」を聴くことによって、生きるための指針は生まれてくる。自分の中にある様々なブロックに気づき、そこから自由になっていく。また、今日、関係性の希薄化が嘆かれている。しかし、他者への「共感」以前のこととして、自分の声が聴けないで、どうして他人の声が聴けるだろうか。先ずは、自分を拠り所として大海原に旅に出る。自分が今、何を感じ求めているのか知ること。自分への「気づき」が第一歩。そのためには、自分に聴きながら、一歩一歩と自分を掘っていくしかない。

夏目漱石の『夢十夜』の第六夜は、運慶が護国寺の山門で仁王を刻んでいる夢。見物人の一人が、一心不乱に彫る運慶を見ていて、次のように言う。

「なに、あれは眉（まみえ）や鼻を鑿で作るんじゃない。あの通りの眉や鼻が木の中に埋っているのを、鑿と鎚の力で掘り出すまでだ。まるで土の中から石を掘り出すようなものだから決して間違うはずはない」

この話を読みながら、私は、木の中に埋まっているものこそ、その人の「本来の自分」に思われた。もちろん、運慶のようにはうまく彫れるはずもない。習練が必要である。しかし、やがては、「本来の自分」を現出させることができ、より「自分らしい花」を咲かせることができるようになる。

「街歩き」の楽しさ ―池内紀さんの生きるスタイル

カフカの翻訳等で知られる作家・池内紀さん流の「生きるスタイル」は、ユニーク。池内さんは、定年前の55歳で東大文学部教授を退官する。自分にまつわりつく「肩書き」や「煩わしい浮世の付き合い」から足を洗う。そして、一人で旅に出かける。

「おりおりゼロに近い自分にもどってみるのはいいことだ。それだけ、周りの世界が豊かに見える」（『ひとり旅は楽し』中公新書）

池内さんは同じ本の中で、「歩くリズムは、ものを考えるのにちょうどいい」と書いている。歩きながら、いろいろなアイデアが浮かんでくる。そして、スピード第一の現代に対して、「半分の速度」を心がけているという。「半分の速度であれば、おのずと途中の時間が倍になる。ということは、倍楽しめる。道ばたのちょっとしたものに目がとまる。」

芭蕉の「よく見れば薺花咲く垣根かな」と同じ視点である。身近なものに目を向けると、違った世界が見えてくる。私も、池内さんと同じように散歩や寄り道が好きである。歩くと、悩みごとの解決のヒントが浮かぶ。その時求めているものに出会うことがある。散歩の時は、特に心を遊ばせているからだろう。心の深い部分から答えが浮かんでくる。

明治・大正の作家は、よく歩いた。歩きながら考え「街」を「時代」を感じ取っていた。詩人の荒川洋治さんは、彼らの小説の細部の描写がうまいのは、街をよく歩き観察していたからだと指摘する。今なら電話で済ますところを、当時は何時間も歩いて会いに行っていた。空振りになることも多い。しかし、その途中で、様々な物を見て出会っている。

中野重治の『むらぎも』の主人公・安吉もよく歩いている。大正期の青年像を描いた作品である。詩人としての中野の感性が、安吉に反映されている。武田泰淳は、その安吉を次のように評している。

「安吉は街を歩く。よくも歩いたと言ひたくなるほど、歩いた。『街あるき』においても『むらぎも』においても、歩きつつあると感じながら歩いた。ただ歩いたのではなく、感覚することのきはめて多い新しき街として、歩いた。彼の感覚の敵と、感覚の味方が、待ち伏せし、誘ひかける街として歩いた。」

現代の私たちは「感覚することのきはめて多い新しき街」として歩いているだろうか。世界は一冊の書物。効率化の中で、大事なものを見落としていないだろうか。「街歩き」は、そこに気づかせてくれる。

生活と芸術 ―宇野重吉と武者小路実篤

「演技とは俳優自身の『意志』で、自分とは別の『生きた人間』を再生産することである」
宇野重吉
「自分の仕事は、自分の一生を充実させるためにある」武者小路実篤

宇野重吉さんは味わいのある役者だった。宇野さんのお芝居を最後に観たのは、1985年頃。三越劇場で「馬鹿一の夢・三年寝太郎」だった。宇野さんは、なぜ、自分の最後の芝居に「馬鹿一の夢・三年寝太郎」を選んだのだろうか。宇野さんは、福井市に生まれ（現在の藤島高校から日大芸術科に進学）、滝沢修らと共に「民藝」を創設する。一度、私は、宇野さんによる『梨の花』（中野重治）の朗読を聴いたことがある。福井弁が絶妙であった。宇野さんは、自分の声を「大根の声」、ライバルの滝沢修さんを「ビフテキの声」と呼んでいた。宇野さんが目指したのは、「芸術のための芸術」というより、「志」の芸術であり「人間讃歌」（子供から大人までの）としての芸術である。

「馬鹿一の夢」は武者小路実篤の作品。実篤は、白樺派の作家であり「友情」「愛と死」「真理先生」が有名である。また、1918年には「新しき村」を創設し、人間が人間らしく生きる社会の実現に向けて実践活動に取り組んだ。「三年寝太郎」は日本民話の一つ。三年間も寝てばかりいる怠け者と思われる男が、突然起きだし灌漑など大きな仕事をするというお話。寝太郎は、いつも干ばつのこと、その良い解決方法を考えていたのである。私は、中学時代、実篤の小説や人生論を夢中になって読んだ。その当時の読書から得たものが、今の私の人間観の基底に流れている。実篤の詩に、次のようなものがある。

「おお川よ、川よ、／おお川よ、川よ、／お前はそんなに性急（せっかち）に流れてはいかん、／よく考えてゆっくり流れよ」「俺は俺で、／俺の声を出す／彼らに表現できないものを／表現する」。自己表現とは命の讃歌。実篤の詩に現れている自己肯定感にほっとする。「今の俺よりすぐれた人間を一人知っている／それは未来の俺／長生きさせたいなこの俺を。」

宇野さんが、最晩年、人生の総括として表現したかったのは、「民衆のための芸術」だったのかもしれない。それが、実篤の肯定的な人間讃歌としての作品や、民衆の知恵である「民話」の上演につながったと思う。

「出会い」を求める

虎の門に、現代陶芸のコレクター・菊地智のコレクションを公開する「菊地寛実記念智美術館」がある。寛実は、智の父で炭鉱を経営していた実業家だ。

美術館の林屋晴三館長と陶芸家伊藤正さんとの対談を聴いた。林屋さんは伊藤さんに「もっと深いところに行くには出会いがなければ、出会いを求めなければ」と述べていた。林屋さんは、陶磁器研究家で元国立博物館工芸課長だった。出会いは、人との出会いだけでなく、物を持つことも出会いだという。物を買うには「眼力があり決断力がないと買えない」と。どのような物であれ、その時の自分をかけて一枚の絵や茶碗・皿を買う。そういえば、芸術家のコレクションはユニーク。益子焼の人間国宝・濱田庄司の蒐集はアジア・アフリカ、時代も古代から近代まで多岐にわたっている。濱田は、自分の作品が負けたと感じた時の記念に購入したという。

川端康成の愛蔵品は、浦上玉堂の国宝「凍雲篩雪図」。他にも与謝蕪村や池大雅の作品を持っていたという。人間国宝の芹沢銈介は、アフリカや沖縄の民芸品等を集めた。それらを芹沢さんは「はなしあいて」と、また自らの蒐集を「もう一つの創造」と呼んでいた。作家たちは、優れた作品を身近に置いて楽しみ、栄養にしていた。

物を買うのは、林屋館長の言うように、自分をかけた「出会い」かもしれない。私にもそんな風に求めた一枚の絵がある。今も通う湯島の画廊「羽黒洞」で「現代の世捨て人」と言われる「中村忠二」の水墨画を購入した。昭和31年の汐留付近を描いた、その絵の片隅に「Ｎｏｖｅ１９５６」とあった。偶然にも、私の生まれた同年同月に書かれた作品であることに驚いた。その時の中村の状況は、次のようなものである。

「二度目の離婚後練馬区向山町の小屋に独居すると、その二年前に退職してからの毎月二万円の恩給のうち、七、八千円で暮らし、毎日三時に起きマラソンしながら、ダンボール、新聞紙、靴、服、シャツなど拾ってきて活用し、頭脳の衰えを防ぐため、ラジオのロシア語講座を聞き、雑草と昆虫をこよなく愛し、酒瓶にしるしをつけ少しずつ飲んだ」（針生一郎・美術評論家）

私は、世に知られる「大家」ではなく、絵画史の中で独自の輝きを放つ個性的な作家が好きである。例えば「松本竣介」「長谷川利行」「中村忠二」もその一人だ。現在、中村作品は、郷里の兵庫県立美術館や姫路市立美術館等に収蔵されている。

詩集『希望』を読む

詩人杉山平一さんの最新詩集は『希望』（編集工房ノア）。詩集を編纂し始めた時、東日本大震災が起こる。杉山さんは「少しでも復興への気持ちを支える力になれば」と、題名を「希望」とする。杉山さんは１９１４年福島県会津若松市生まれ。小学2年の時に父親の転勤で大阪に引越し。北野中学（途中、１年半は麻布中学）から松江高校、その後東京大学へ進学した。

東大在学中に三好達治に認められ「四季」の同人になる。その頃、堀辰雄や立原道造を知る。卒業後、織田作之助らと「大阪文学」を創刊。戦後は映画評論で活躍した。

「夕ぐれはしずかに／おそってくるのに／不幸や悲しみの／事件は／　　列車や電車の／トンネルのようにとつぜん不意に／自分たちを／闇のなかに放り込んでしまうが／我慢していればよいのだ／一点／小さな銀貨のような光が／みるみるぐんぐん／拡がって迎えにくる筈だ／　　負けるな」（「希望」）

不幸は突然やってくる。しかし、じっと「我慢」していれば、やがては「一点小さな銀貨のような光が」迎えにくるという。その「光」とは何か。私は人の心のあたたかさであり、人と人のつながりだと思う。杉山さんの「反射」という詩にこうある。

「あたゝかいのは／あなたのいのち／あなたのこゝろ

冷たい石も／冷たい人も／あなたが／あたゝかくするのだ」

大震災の前と後では、どう違ったか。大震災後の人生は、何をもう一度大切にしなければならないか。スペンサー・ジョンソンは、「谷（逆境）は失ったものを求める時で、山（順境）は自分が持っているものに感謝する時である」と書いている。（『頂きはどこにあるか？』）失っていたものとは「絆」であり、「人の心のあたたかさ」だと思う。それを取り戻していく。「町のなかにポケット／たくさんある／（中略）なつかしいもの／忘れていたもの」（「ポケット」）

そして、今、これから、震災後の新しい日本を創らねばならない。

「もうおそい　ということは／人生にはないのだ／（中略）終わりはいつも　はじまりである／人生にあるのは／いつも　今である／今だ」（「いま」）

人生の困難な時、いつも「老賢者」が現れる。老人の知恵が助けてくれる。その声に静かに耳を傾ける。そんな風に、私はこの97歳の老詩人の言葉を読んだ。

「間（あわい）」に生きる

「『闇』を条件に入れなければ漆器の美しさは考えられないと云っていゝ」（谷崎潤一郎『陰翳礼讃』中公文庫）

「答えは一つ」ではない。こころの世界はなおさらである。青年期は、「答えは一つ」とか「○か×」という単純な思考に陥りがちである。答えを出したら、それで思考を停止してしまう。しかし、「生きる」ことの面白さは「○か×」で割り切れない、その「間（あわい）」にこそあると思う。割り切れない、ぼんやりした世界に――。

茶室で、行燈の明かりで濃茶を頂戴する。闇の中では、自分の感覚を研ぎ澄ますしかない。普段見えていなかったものが見えてくる。水差し（漆器）の内側の螺《ら》鈿《でん》が、深海の中で泳ぐ魚のように輝く。蝋燭の炎が揺れる。谷崎が『陰翳礼讃』の中で書いている世界である。闇の深さを知る。つまりは、空間の厚み、時間の深さを知る。

「日本の漆器の美しさは、そう云うぼんやりした薄明かりの中においてこそ、初めて本当に発輝されると云うことであった。

『わらんじや』（京都の料理屋）の座敷と云うのは、四畳半ぐらいの小じんまりした茶席であって、床や天井なども黒光りに光っているから、行燈式の電燈でも勿論暗い感じがする。が、それを一層暗い燭台に改めて、その穂のゆらゆらとまたゝく蔭にある膳や椀を視詰めていると、それらの塗り物の沼のような深さと厚みとを持ったつやが、全く今までとは違った魅力を帯びだして来るのを発見する」（『陰翳礼讃』）

日頃、私たちは明るさに慣れ、見えることを当たり前と過信しているのかもしれない。「見える」は「分かる」に置き換えられる。早わかりしすぎる。そして、悩まなくなっている。「見える」「分かる」というところにある自分の立ち位置を、「見えない」「分からない」ところに移してみたら、違った世界（不思議な世界）が現れてくる。蝋燭の炎の揺れのように、たゆたいながら。世界が広がり、変わって見えてくる。時には、ダリの絵のように。

闇を味わうことによって光のありがたさが分かる。暗く狭いお茶室を出た時、一瞬の世界の変化に驚く。普段、私たちは闇よりも、光にばかり目を向けがちである。マイナスよりプラスというように。そして、両極端にかたよりがちである。しかし、現実は、両方ないまぜになっているのかもしれない。とするならば、生きることを楽しむには、光と闇の「間」を大事にすることではないだろうか。あえて、光と闇の中で揺れながら。悩みながら。

求められる「人間力」

これからの時代、どのような「人間力」が求められるのだろうか。○×式の二者択一ではなく、多様な「答え」を出せる柔軟な思考の持ち主が必要となろう。政治学者の姜尚中は『悩む力』（集英社新書）の中で、ほぼ同時期に生きていた夏目漱石やマックス・ウェーバー（ドイツの社会学者）をヒントにしながら「真面目に悩むこと」と「他者とつながること」の重要性を指摘している。悩めば不安になる。不安に思うことはマイナスではなく、次のステップに進むために必要なこと。一番悪いことは、自分はダメな人間だと思い、動こうとしないこと。むしろ不安を抱えながら行動へ「挑戦」することが大事である。そこから、出会いがあり、気づきが生まれ、自分を築いていく。出会いを通して、人は他者や社会とつながっていく。自分を掘ることは他者につながる道を開く。私は、未来に生きるために次の四点が必要だと思う。

一つ目は、良きモデル（手本）を持つこと。学ぶの語源は「まねる」である。実在の人物だけでなく、歴史上の人物から手本を見つけてもいい。そのうちに自分が成長すれば、自分より未熟な人からも学べるようになる。「上手は下手の手本、下手は上手の手本」。中川一政画伯は、このくだりについて「下手上手を気にするな。上手でも死んでいる画がある。下手でも生きている画がある」（『随筆八十八』）と書いている。原点は、世阿弥の『風姿花伝』である。

「上手は下手の手本。下手は上手の手本なりと工夫すべし。下手のよき所をとりて、上手の物数に入るる事、無上至極の理也。人の悪きところをみるだにも、わが手本なり。いはんやよきところをや」

二つ目は、自分の目、耳、鼻等をフルに使って感じること。頭だけでなく体全体で感じる。それが、自分という舟の櫂になる。自分を拠り所とすること。そのために、自分の感覚を鍛える。

三つ目は、社会の中で自分が何ができるのかを考えること。自分のためだけに働くのではなく、そのことが周りの人や社会にどう役立つかを考える。「つながる力」である。そのためにもコミュニケーション能力が必要になる。

四つ目は、志を高く持つ。

「一座建立」の世界 ―小堀宗実『茶の湯の宇宙』（朝日新書）

「たらちねに　よばれて仮の客に来て　こころのこさず　かえる古里」沢庵禅師

沢庵さんは、私たちを「この世」に訪ねて来た「客」だという。では「客」として、何を心がけるべきなのか。そのことを、この本は「茶の湯」を通して教えてくれる。

遠州流の流祖は、小堀遠州。小堀宗実さんは大学卒業後、大徳寺派の禅寺で修業を積み、２００１年「遠州茶道宗家13世家元」となる。茶人が参禅することは、茶の湯の世界では、習わしとなっている。作者（宗実）は、茶の湯を通じて「日本文化を育んできた日本人の心のあり方や美意識に近づけることになる」と。では、「日本人の心のあり方や美意識」とは何か。それは第一に「相手への思いやり」と「もてなす心」。そして、「共に思いやること」。茶道は、関係性の芸術である。

茶の湯は、もてなす側ともてなされる側がお互いに気を遣い合い、主客一体となって一期一会の素晴らしいひとときを作り上げる。「一座建立」の世界だ。

作者は「茶の湯を彩る三つの関係性」を、①「人と人」②「人と物」③「物と物」だという。①は、亭主とお客様の関係。②は、茶入れや茶器、茶碗などの道具を楽しむこと。③は、道具と道具の調和（取り合わせ）。茶事に招かれた場合は、この三点の関係性を考え感じることが大切だと説く。先ず、①の「人と人」の関係性である。関係性を作り上げるためには、亭主は「降らずとも傘の用意」（「利休七則」）というように不測の事態に対する準備が大切だ。例えば、「茶筅通し」の際に、茶筅の竹にちょっとした折れを見つけた時の、「控えの茶筅」の用意など。では、「客」としての「心構え」とは何か。「亭主」と「心を一つにする」ことであり、見えないものを楽しむこと。自らの「五感を働かせ」ながら。「見たり聞いたりだけでなく、いいものを手に取って触れたり、香りを嗅いだり、味わってみたり、五感を総動員してはじめて理解できる物事が多い。」

現代の私たちは、どこか「人間関係」において「いびつな成長」をしている。茶道を通じて、私たちは、自分の中にある「人間性」、特に「関係性」を回復していくことができると思う。

お茶室は、釜で湯が煮える音（「松風」）や、湯を柄杓で湯返しする音等、「かすかなもの」に出会う場でもある。茶道のお点前では、亭主の茶器や茶碗を清める動作がたくさんある。それは、自らの心を清め静めている。これはまた、お客も同じで、蹲踞《つくばい》で手と口を清めて躙《にじ》り口から入る。躙り口は、別空間への入り口になる。次に、②③の「人と物」「物と物」との関係性である。物（道具）は、「全体」「細部」「雰囲気」という三段階で見るという。これは、人と接する時も、同じ点が大事ではないだろうか。例えば教育現場ならば、生徒の全体像、細かな状況把握、そして家庭やクラスでの置かれている姿を見るように。道具で面白いのは、「不完全のもの」や「ゆがんだもの」「傷のあるもの」に美しさを見出していること。不足が価値を生む。日本人の美意識の奥の深いところである。

小堀遠州は「満つれば欠くる」ということをよく言っていたという。欠けているなら、欠けている。そのままの姿に美を見つける日本人の美的感覚である。

借りたら返す ——永六輔『大往生』『職人』（岩波新書）

「年のたつのが早いなァと思うようになると、人生がわかってくるんです」（『大往生』）
「職業に貴賤はないと思うけど、生き方に貴賤がありますねェ」（『職人』）
永六輔さんは、放送作家でタレント・作詞家。浅草の「最尊寺」という寺の子として生まれる。大きく影響を受けたのは、父親の永忠順さんから。父親の生き方は、「無理をしない」「静かに生きる」「借りたら返す」の三つにまとめることができるという。その「借りたら返す」という言葉を、永さんは詩にしている。
「生きているということは／誰かに借りをつくること／生きてゆくということは／その借りを返してゆくこと／誰かに借りたら／誰かに返そう／誰かにそうして貰ったように／誰かにそうしてあげよう」（『大往生』）
借りたものを返す行為の中で、新しい自分なりの物語が生まれてくる。永さんは、早稲田中高から早大第二文学部に進む。大学時代は民俗学者の宮本常一さんから影響を受けた。宮本さんは日本各地をフィールドワークし膨大な記録を残した。1961年文学博士号（東洋大学）を授与されている。宮本さんの生き方が、後の永さんの仕事につながっていると思う。『大往生』（1994年）は生死に関する名言を集め、大ベストセラーとなる。永さんの趣味は旅と読書。作詞家としては、中村八大とのコンビで「上を向いて歩こう」が大ヒット。『大往生』と『職人』から、「老人」についての言葉を紹介する。どれも無名の人々の言葉である。

「老人たちに言うんですよ、文鎮になりなさいって。文鎮はそこにあるだけで、動かないで役に立っているでしょう。文鎮がしゃべったり動いたりしたら、いい字は書けませんよねって」（『大往生』）

「掛軸ってものは風鎮（ふうちん）が下がって、はじめてかたちになるわけです。風鎮がないと意味がありません。私は風鎮みたいな老人になりたいと思っています。もちろん、掛軸は若い世代です。」（『職人』）

「粋」な言葉だと思う。古き良き陶工は、作品に名前を残さなかったことを思い出す。最後に、教育に関係する言葉を紹介したい。

「他人と比較してはいけません。その人が持っている能力と、その人がやったことを比較しなきゃいけません。そうすれば、褒めることができます」（『職人』）

その子の持っている能力を見極める目を、教師も持たなければならない。

塔組みは木の癖組み、人の心組み
――西岡常一『木に学べ』(小学館)

「器用、不器用というのがあるんです。初め器用な人はどんどん前へ進んでいくんですが、本当のものをつかまないうちに進んでしまうこともあるわけです。だけれども不器用な人は、とことんやらないと得心ができない。こんな人が大器晩成ですな。頭が切れたり、器用な人より、ちょっと鈍感で誠実な人のほうがよろしいですな」(『木に学べ』)

西岡常一さんは、法隆寺・薬師寺の宮大工の棟梁。木には、それぞれの育った環境でクセがあり、それを見抜かなければならないという。木に合わせた使い方をしていく。法隆寺大工には、土質によって材質の違う木が生え、それを適材適所に使うというのが、建物つくる基本という考え方が伝わっている。

木も人間も自然の中では同じなのに、人間の都合で木を合わせようとする。「寸法」(規格)だけ合わせて早く作っても、後々に残らない。それぞれの木のクセを見抜いて、伸ばしてやる。木と話し合いながら、適材適所に使う。西岡さんの木に対する態度は、教師の生徒に対する態度に通ずる。そして、木のクセ（心）を見抜いて使うためには、人の心を組まなければならないと。棟梁は大工だけでなく、あらゆる職人を束ねていかなければならない。それゆえ、人の心が分からない人は人を束ねられない。

教師のクラス運営もそうであろう。目の前の生徒は、木よりもっと複雑である。西岡流のリーダー論でもある。

宮大工の仕事に関する「心構え」も書かれている。仕事は「仕える事」である。

「自分で仏さんにならんと、堂々と作る資格がない。」

普通の大工と違い宮大工の場合は、心に欲があってはならない。「千年もってくれ、千年もってくれ」と堂や塔を建てる。

西岡さんは、道具は、頭で思ったことが手に伝わって道具が肉体の一部のようになり「自分の肉体の先端」だと語る。草月流の家元である勅使河原茜さんも、「鋏が自分の一部になる」と書いている（『いけばな』）。

また、高い道具を使ったからといってお金がたくさんもらえるわけではないが、いい道具を使うのは自分のためだと。そして、弟子には周囲の人で自分よりうまい人がいたら、その人のカンナを調べてみることを勧めている。良い点を盗めと。

宮大工の棟梁の言葉であるが、優れた「教育書」だと思う。

人間的な力をつくす能力
——中野孝次『今を深く生きるために』（海竜社）

「知識というものは、日常生活においてはいかにも有用なものでしょうが、個人の人間としての実存が問題になる瞬間には、いかに頭がよかろうがいかに学問があろうと、そんなものは役に立ちません。その場合肝腎なのはただ一つ、まだ生き生きとした反応を示し、あえて人間的な力をつくす能力があるかどうかです。」（ノサック：ドイツの小説家）

筆者の中野孝次さんは、作家でドイツ文学者。著書『清貧の思想』がベストセラーになった。中野さんは、「いい顔」を持つ人は、自分というものになりきっている人だという。そして、自分が自分らしく生きるために、「断ちものの思想」を勧めている。

たとえば、生きる力を恢復させるために、ひと月ならひと月、半年なら半年、テレビ・ラジオその他を一切断つ。自分自身であることに賭けるために。そして、人間は生きるために何が本当に必要なのかを考える。この「断ちものの思想」は、日本文化の伝統の中にある。

作家で詩人の高見順は、１９６５年58歳で癌で亡くなる。彼が病床で作った次のような詩がある。

「電車の窓の外は／光にみち／喜びにみち／いきいきといきづいている／この世ともうお別れかと思うと／見なれた景色が／急に新鮮に見えてきた」（「電車の窓の外に『死の淵から』」）

明日死ぬかもしれぬ限られた時間の中で、人はどう自分らしく人生を生きることができるか。中野さんの場合、その転機になったのが41歳の時に行ったドイツでの1年間の生活である。いかに、自分が己を知らないかに気がつき、帰国して日本の古典を読む。そして、53歳で『麦熟るる日に』を刊行する。遅い作家としてのスタートをする。

「どうにかして外部世界と内面世界を、もういちど相互に浸透しあえるもの、循環可能なものにしていくこと、互いを鏡として、そこに映しだし、映し返されている姿が見つかるようにならないと、極言すれば、私たちは文化をすっかり失うことになります」（子安美知子『エンデと語る』）

中野さんは『今を深く生きるために』の中で、エンデの言葉を紹介しながら、個と全体の関係を語っている。全体を映し出す個でなければならないという。自分を掘れば掘るほど、普遍に通じる。そして、表現するものに、生の直截性」、生きている「じかな感覚」がなければと。

これは「人生の根源的な問題と対決する姿勢を失った時、人間も文学もだめになってしまうのである」という大岡昇平（作家）の言葉とも通じる。

己と世界との間に中間物を入れずに直面し、自分の生の現在（全体を映し出す）を見ることの重要性を述べている。

深く自己の生に向き合うために、中野さんは「マザーテレサ」と「道元」を紹介している。マザーテレサは、「わたしは持たぬこと（無所有）を選び、貧しさこそ自由です」と、力強く言う。

また、道元は「学道の人は先ずすべからく貧なるべし。富多ければ必ずその志を失う。貧なるが道に親しきなり」と書いている。

そして、また中野さんは自らの老いと向き合い、多くの友人がすでに死に、今は「存命のよろこび日々に楽しまざらんや」の気持ちだという。

一人を楽しむ。無為の中で自分の心の中をのぞきこむ時こそ、人間らしい本当の充実した時間といえるのではないかと。

「つれづれわぶる人は、いかなる心ならん。まぎるるかたなく、ただひとりあるのみこそよけれ」（「徒然草」第75段）

中野さんのものを書く姿勢は、一貫している。この本を読みながら次のように思った。いかにこの生を深く生き、「生の直截性」を表現していくか。人生を手ごたえのあるものにするには、深く自分を掘る。そこでつながるものを大切にする。深く掘れば掘るほど、広く世界（他者）とつながる。本書は、「人間としての生き方」や「文学の可能性」を考えさせられる一冊である。

人間らしい生き方をしていきたい。

私の仕事は机に向かうこと——吉村昭『わたしの流儀』（新潮社）

「毎日のように書斎の机にむかっているが、一字も書けない日もある。ただ、じっと椅子に座っている。あれこれと小説のことを考えているが、書きたいものがわいてこない。私の仕事は机にむかうことで、考えてみると妙な職業である。」

作家・吉村昭さんは1927年生まれ、2006年に亡くなった。代表作に『戦艦武蔵』『ふぉん・しいほるとの娘』『冷たい夏熱い夏』等がある。現在の荒川区東日暮里に工場経営者の八男として生まれる。1944年に母、1945年に父が死亡。旧制学習院（現在の学習院大学）を中途退学している。

吉村さんのエッセイ『わたしの流儀』からは小説家の舞台裏を覗くことができ、その人となりが分かる。吉村さんは、古風な職人のような人である。華やかそうに見える小説家。実は、「とぼとぼと悪路を歩く」旅人のようである。

〈小説家の舞台裏〉

・「私だけでなく、小説家は一つの作品を書き上げた時、それに満足せず、次の作品こそすぐれた作品にしたいと願う。いわばいつも満足すべき個所にたどりつきたいと、荒野の中の道を一人とぼとぼと歩いているようなもので、作家であると胸を張って言える気にはなれないのである。」

・「主人公に大きな魅力を感じなければ、小説に書く気にはならないのである。」

・「三十枚の短編を書く時など、十回近くは辞書をひく。…辞書なくして私の生活はない」

毎日酒を欠かさない吉村さんにとって、下戸の主人公は書きづらいという。

〈吉村さんの流儀〉

・「時代の流れがどうであろうと、私はあくまでも万年筆で小説を書く。…ワープロが車のような乗物なら、万年筆はとぼとぼと悪路を歩くようなものである」

・「今日は快晴で、書斎の窓から見える空には雲一片もない。こんな青く澄んだ空を見ることができるのは生きているからで、生きていなくては損だとつくづく思う。」

人はともかく、自分なりの道をとぼとぼと歩く。それが吉村流。

第二部

教えるということ

東北へ、それぞれの思いを繋ぐ

我が校の文化祭の準備が始まっている。今年のテーマは「繋」だ。

先日、卒業生のY君がやって来た。今は大学を中退してコンビニでアルバイトをしているという。「大学での勉強が、自分がやりたかったことと違う。これからやりたいことは、東北の被災地に行き、人の役に立ちたい。そして、福祉を学びたい」と語っていた。優しい生徒で、在学中のPBL※のテーマが地域の「花祭り」だった。お年寄りにインタビューし、プレゼンでは仲間の前で踊りを実演。Y君は、おそらく人生の「変わり目」に学校を訪ね、自分を確認していったのだ。

2年生は「東北」をテーマに取り組む。「被災地の人々の心と京北生の心を繋ぐ」一大プロジェクトだ。

クラスごとに担当する県を次のように決めた。

A組（青森）B組（岩手）C組（秋田）D組（福島）E組（山形）F組（宮城）。B組は

K先生の故郷で、E組はS先生のお母さんの故郷。

「東北」への思いを、「赤羽」から広げ繋げたい。

「繋」という字は、「つなぐ」「つながる」の意。「繋縛」（けいばく）となると、「束縛」になる。しかし、困難な時こそ「繋」は「希望」へと変わる。生徒たちが選んだ今年の文化祭のテーマこそ、今の日本社会で最も求められている力であろう。

先日「海洋天堂」という中国映画を観た。自閉症の子と、その父の物語。母は、すでに死亡。父は自らも余命数年という病の中で、子に必死に「生きる術」を教えようとする。重い現実の中、寄り添うように生きる父子。父子関係といえば、テーマとして「対立」が多い。それとは違い、徹底的に「子を慈しみ、守る父」。また、子を小さい時から診ている医師や、近所の人たちが父子を支える。その姿にも心打たれる。そこには「繋がり」があった。

岩手県釜石は、これまで津波被害や製鉄所の大規模減産などで大きな危機に襲われてきた。そこから、力を合わせて「希望」を繋いできた。東大の玄田有史先生（社会科学研究所）は、その釜石の復興の様子を調査し「希望学」を打ち立てた。ところが、今回の大津波で、また大きな被害を受けた。言葉をなくしてしまう事実。

しかし、釜石は力を合わせ繋がり動き出している。繋がりは「希望」である。

※ＰＢＬ……Project-Based Learning。問題解決型学習。あるテーマを決め、生徒たちが自ら調べ学んでいく。

先師先人の「志」をつなぐ

信州・松本に、ヒマラヤ杉に囲まれた「あがたの森公園」がある。その中に、旧松本高校校舎と旧制高等学校記念館がある。旧松本高校は、北杜夫さんの『どくとるマンボウ青春記』の舞台。公園からは、遥かに信州の山並みが見渡せる。旧制高校は、自由な個性あふれる校風で、寮生活も生徒自身の手で運営されていた。そして、「自由」を愛し「志」を高く掲げていた。

公園を歩きながら、旧松高生が「志」を高く持てたのは、一つに、常に高い山を仰ぎ見ていたからではないかと思った。

「自分をつくる」上で、「自然」でも「人」でも仰ぎ見る存在が必要だと思う。人生は、先師先人の高い「志」をつなぐリレーなのかもしれない。それぞれの高校生が、どのようなバトンをつなぐのか。高校時代は、それを探す時でもある。

教育者・国分一太郎に『しなやかさというたからもの』（晶文社）という本がある。国分は、自然との関わり、ほどよい勤労、労働の初歩の間で、子供たちは心と身体のしなやかさを身につけてきた。ところが、今はそれが失われている、という。1970年代初頭の、「自然と人間」の「共生」の重要性を指摘する発言である。

「自然との調和、自然とのたたかい、いのちあるものをそだてること、自然のなかにあるものを採取すること、手足とからだをうごかして働くこと。この中に、人間がかしこくなることへの接近があった。」

残念ながら、国分の心配通り、子供たちは「かたく」「きれやすく」なっている。そして、「自然と人間」だけでなく、「人間と人間」の関係も希薄になっている。

日本社会を作ってきた三つの「絆」(故郷との「地縁」・家族との「血縁」・会社との「社縁」)が、失われていると言われている。そして、世の中はますます「孤人化」が進んでいる。もう一度、「自然と人間」・「人間と人間」の関係を考えねばならない。一人ひとりが心と身体のしなやかさを取り戻すためにも。

後ろ向きに進む ―「みな人を渡さんと思う心こそ」

私が園長を務めた京北幼稚園の遠足で、園児たちを何度も郊外に連れて行った。1回に30～35人程の園児たちを電車に乗せる。3～4人の教員で引率し、私も10人程の園児を担当した。園児たちは、予測できない行動をする。電車の中では、心配でひやひやしながら、何度も人数を数えていた。

また、初めての引率の時、手提げ鞄で行ったら「園長先生、リュックサックにして両手を空けて下さい。すぐに園児を助けられるように。」と教えられた。

道を歩く時も、先生方は後ろ向きになって園児を見ながら進む。

ふと、その先生方の様子を見ながら、私の好きな永観堂の「みかえり阿弥陀様」を思い出した。そのお姿にそっくりなのである。

京都東山の「永観（えいかん）堂禅林寺」は紅葉で有名である。このお寺に、その「みかえり阿弥陀様」は鎮座されている。正面を向かず、首を左に向けていることから「みかえり阿弥陀様」と呼ばれているのだ。

「永観堂禅林寺」は、弘法大師の弟子によって平安時代の初期に創建された。中でも永観（ようかん）律師は有名で、禅林寺の境内に薬王院という施療院を建て、窮乏の人たちを救う活動に努力された。永観は次のような歌を詠んでいる。


みな人を渡さんと思う心こそ極楽にゆくしるべなりけれ

禅林寺が永観堂と通称するのは、永観律師による。

ところで、「みかえり阿弥陀様」の由来は、次のようなものだ。

永観はお堂の中を念仏しながら歩いていた。すると、本尊が壇の上からおりてきて「永観おそし」と声をかけ先導してくれたという。あたかも、衆生を心配し救おうとするように。

幼稚園の教育は、「高く・速く・強く」とは逆に、「低く・ゆっくり・弱く」の視点が必要となる。園庭の隅に咲く小さな花の美しさを発見する園児たち。可能性の「蕾」のような存在である。教師は、子供の目線に合わせ、子供に添うようにして日々の教育を展開する。

「みかえり阿弥陀様」のお姿は、幼児教育だけでなく、落ちこぼれを作らないという「教育の原点」にも通じる。

ビィジョンを描く
―急トスルトコロ人材ヨリ急ナルハナシ（小林虎三郎）

「ものが生まれた理由を考える」

デザイナーの吉岡徳人さんは、米経済誌の「世界で最もクリエイティブな100人」の一人に選ばれた。その作品は、ニューヨーク近代美術館やポンピドゥーセンターにも置かれている。基本的な考え方として「自分がデザインする理由を考えながら、そして歴史に残り、未来を創るようなものを心掛けている」とのこと。

また、「デザインの形を磨くには、形ではなくものが生まれた理由を考える」という。例えば、椅子のデザインをする時も、「椅子の形からではなく、椅子は何のためにあるのか」から考える。学校のビィジョンを描く場合にも、この考え方は当てはまるのではないかと思う。「形ではなく、ものが生まれた理由」とは何か。

山本有三に、『米百俵』（新潮文庫）という戯曲がある。戊辰戦争のあとで窮乏のどん底にある長岡藩。そこに見舞いの米百俵が届く。その配分を待つ藩士に対し「米を売り学校を作る」という通達が届く。大参事小林虎三郎は「百俵の米も、食えばたちまちなくなるが、教育にあてれば明日の一万、百万俵になる」と話す。そして、長岡の坂の上町に、明治三年六月、粗末な学校を建てる。それまでは、昌福寺という禅寺で授業をやっていた。この国漢学校が長岡洋学校、長岡中学、長岡高校へと続いていく。

井上円了先生も長岡洋学校で学び（明治七年〜）、東京大学に進み（明治十四年〜）、明治二十年本郷・麟祥院という禅寺で「哲学館」（東洋大学の前身）を出発させた。小林の精神は、受け継がれていく。小林は佐久間象山の門下で、吉田松陰（寅次郎）と並び称せられるほど優秀で、「二虎」と呼ばれていた。象山は「虎三郎の学識、寅次郎の胆略というものは得難い材である。ただし、事を天下になすものは、当今、吉田子なるべく、わが子の教育を頼むべきものは小林子だけである」と話していた。

目先のことにとらわれてばかりいないで、今の痛みに耐えてこそ明日がある。それが小林虎三郎の考え方である。作者・山本有三は、日頃から「人間を作ることより大切なことはない」と考えていた。小林の考えに強く共鳴してこの戯曲を書いたのである。つまり、「学校が生まれる理由」は「明日」のために「人間を作る」ことなのである。ここに戻る必要がある。それを、新しい学校創りのビィジョンを考える「原点」に置くべきであろう。

生徒と共に歩いていく
―伴走者として

ＰＢＬのテーマについて、生徒に「何か取り組んでみたいことは」と聞くと、しばしば「別に何もない」「何をやりたいのかわからない」などの答えが返ってくる。

そんな時には「家に帰ってすぐに何をしたい?」と問う。特別に自分と離れたテーマではなく、「音楽を聴きたい」「映画を観たい」など、自分の好きなもの、大切なものの中に「学びの出発点」は潜んでいる。

とかく大人は自分がたどった道から、「こうすべきだ」とレールを敷いてしまいがち。しかし、本当は何がやりたいのか、生徒の中にすでに芽生えている。それを肯定的に受け止め、生徒の背中を後押しする。やってみてつまづけば、軌道修正すればいい。その子が持っているものを、出発点にすることが大切だろう。そこから、「学びの情熱」は、生まれてくる。

進路においても、「大学に入らなければ」ではなく、何をやりたいのか「志」を見つけることが先決だ。「志」を見つけるには、「涙を流すくらい心が動いたのは、どんな時」と生徒に聞いてみる。それが映画だったら「どんな場面」とさらに問う。そうやって共に考えていけば、自分がどう生きたいのか、方向性を見つけることができる。偏差値から「この大学しか入れない」ではなく、「志」にそった進路選びをしてほしいと思う。

大事なのは自分であって、周囲の評価は二の次。評価は横との比較（偏差値などの隣の生徒との数字上の比較）だけでは、生徒は疲れてしまう。評価にはその子の成長史の中から「以前より何ができるようになったか」など、縦の評価もあるはずである。それができるのが、親や教師なのだ。「前より、このことが伸びた。できるようになった」と伝えると、生徒はもっと楽に生きられるはずだ。

また、二者択一の○×方式で、答えを早く出すことに慣れてしまっている大人は、ついつい生徒たちの「気持ち」や「願い」を置き去りにしてしまいがちだ。大切なのは、すぐに大人の価値観だけで結論を出さず、否定せず、生徒が何を願っているのか寄り添うような姿勢で聞いてあげること。そして、生徒が悩んだ時には、「今は苦しいかもしれないけど、必ず良くなる」とか、生徒の願いの実現の線上でプラスのストローク（相手を勇気づけたり、喜ばす言葉）を投げかける。そのためには、先ずは大人が生徒の多様性に対処できるたくさんの「物差し」と「柔軟性」を持つことが肝心である。

上から目線だけで接するのではなく、生徒と一緒に歩いていく「伴走者」として。

人生は航海——夢を生きる

「お前が何かを望む時には、宇宙全体が協力して、それを実現するために助けてくれるのだよ」（『アルケミスト』）

「われわれは夢見ることを決してやめてはならない。夢はたましいに栄養を与える。それはちょうど、食事が体に栄養を与えるのと同じだ」（『星の巡礼』）

パウロ・コエーリョは、ブラジルの人気作家。人間のスピリチュアリティ（霊性）を追求している。大学に入学するが、突然中途退学して世界各地を放浪の旅に出かける。３年間の旅を終えてブラジルに帰国。作詞やレコード制作の仕事をするが、１９７９年にまた、世界を巡る旅に出かける。その旅の経験から『星の巡礼』（スペインの巡礼の道を歩いた経験を描く）を書く。そして、翌年の『アルケミスト』がブラジルでベストセラーになり世界に翻訳され、『星の王子様』に匹敵する作品と評価される。『アルケミスト』の主人公、羊飼いの少年の「人生の目的」は、旅をすることだった。少年は、繰り返し見る夢に従い、「宝物を見つける旅」に出る。私たちは、人生の中で夢を見出だし、一本の道を歩いていく。その道の中で、様々なメッセンジャーと出会う。コエーリョは、「良き戦い」の道は「メッセンジャーを友人として受け入れることなのだ。彼の忠告を聞き、必要な時に助けを求める。しかし、彼に決してゲームのルールを指示させてはいけない。初めに、自分が何を望んでいるのかを知り、次に彼の顔と名前を知ることが必要なのだ。」(『星の巡礼』)と書いている。結局のところ、「自己を知る」ことが、「人生の旅」の鍵のように思える。

人生は航海のようなものかもしれない。様々な船が、航海を続けている。自分より大きかったり、速い船との比較も起こる。時には高波に翻弄されることもある。その時には、物差しを変えることが必要であろう。他者との「横の比較」ではなく、自分の成長史の「縦の比較」で考える。「前より自分がどんな風に成長したか」というように。「自分を縛っているのは自分だけだった」(『アルケミスト』)

学校は生徒にとっての「港」のようなもの。航海(旅)のための準備をしている。「船は港にいる時、最も安全であるが、それは船が作られた目的ではない」(『アルケミスト』)

船は海に出るために作られている。人もまた、航海をする(旅をする)ために生きているのかもしれない。卒業する生徒には、「嵐」の時にこそ「港」を忘れないで、自己を主として、航海を続けてほしいと思う。

還元 ―震災後の教育

「還元」：事物をもとの形、性質、状態にもどすこと。基本的なかたちにもどすこと（『日本国語大辞典』）

東日本大震災以後の教育は、大きく変わるべきだろう。本来日本人が持っていた、人と人の「つながり」（互助の精神）を再認識すべきではないか。上下の比較から、横の「絆」を大切にするような発想の転換が必要だ。これから、どのような「人間力」が求められているか。異質なもの（他者）との共存や、地球環境の保護。それらを見据えて考えねばならない。生徒自身が、何のために大学へ行くのか、卒業後は社会の中でどのような貢献ができるのかを考えるような「キャリア教育（人間教育）」を、今こそ実現していくべきであろう。

本学の創立者・井上円了先生も、「哲学を学ぶ（学問をする）」ことの目的は、「思想練磨」で「向上するは向下せんため（世のため人のために働く）」と述べておられる。学んだことをどのように社会に「還元」できるかを考えねばならない。これからの教育は、次の5つの視点が重要であろう。

①「探究型の学び」。仮に学習を「知識習得型の学習」と「課題探究型の学習」に分けるならば、これからの社会で必要な、探究型の学びを推進していきたい。「課題探究型の学び」とは自らが課題を設定して、それを解決する力を養う。生徒自らが学びの「主人公」になる。「ＰＢＬ」や「課題研究」の授業を通して、その力を養成する。

②「キャリア教育」。キャリア教育とは、生徒自らが進路を設計する力。そして、自己実現していく。進学・就職共に、様々な生徒の志望を支援する。

③「表現教育（プレゼン能力と情報教育）」。「プレゼン能力」は自らの考えを適切に表現する力。「情報教育」とは、情報処理能力だけでなく、自らが情報を判断し発信する力、つまりメディア・リテラシー※を養成するもの。

④「リーダー教育」と「感性（感情）教育」。一人一人が自らのリーダーとなるべく、様々な学校行事を通して主体性を育成していく。また、他者といかにつながるのか、他者の気持ちを理解できる感性・自然を敏感に感じ取れる豊かな感性を大切にしていきたい。特に体験学習や日本の伝統文化を学ぶことで育成したい。

⑤「国際化教育」。国際化社会における日本と自らの位置を考え、行動できる人間を育成する。

※メディア・リテラシー……メディアの情報を鵜呑みにせず、自分でその真偽等を判断、活用できる能力のこと。

情操教育 ——岡潔『春宵十話』（毎日新聞社）

「よく人から数学をやって何になるのかと聞かれるが、私は春の野に咲くスミレはただスミレらしく咲いているだけでいいと思っている。咲くことがどんなによいことであろうとなかろうと、それはスミレのあずかり知らないことだ。咲いているのといないのとではおのずから違うというだけのことである。私についていえば、ただ数学を学ぶ喜びを食べて生きているというだけである。そしてその喜びは『発見の喜び』にほかならない。」（『春宵十話』）

岡潔さんは、数学者で大阪生れ。専門は「多変数解析函数論」。京都帝大を出て、パリ大学のポアンカレ研究所に通う。奈良女子大学の名誉教授。『春宵十話』は、岡が口述したものを毎日新聞の松村洋がまとめた本で、毎日出版文化賞を受賞した。

岡の京大物理学科一年生の時の出来事である。数学の試験中に、「あんまりうれしくて『わかった』と大声で叫んでしまい」「このあとも試験があったが、とても受ける気がしないので放り出して、ぶらぶら円山公園に行き、ベンチに仰向けに寝て夕ぐれまでじっとしていた」

という。また、数学科（物理学科から転科）の二年間、「先生方の講義が実におもしろく、一日一日と眼がひらいてゆくような気がした」。

生徒が先生の授業で「眼が開いてゆく」。学ぶ喜びである。研究者になってからも「理髪店で耳そうじをしてもらっているとき」「自然に感銘を受けたとき」等、発見に結びついている。心の中に自然な状態が作られている時に、発見に結びついている。そのために、岡さんは良い「情操」をつちかうことが大切だという。心の「自然」を保つために。「職業にたとえれば、数学に最も近いのは百姓だといえる。種子をまいて育てるのが仕事で、そのオリジナリティは「ないもの」から「あるもの」を作ることにある。数学者は種子を選べば、あとは大きくなるのを見ているだけのことで、大きくなる力はむしろ種子の方にある」という。岡さんは、「人の中心は情緒」であり、人の人たるゆえんは「人間の思いやりの感情」にあるという。今の教育においては、その感情を育てていない。それで、「人の心のかなしみがわかる（道義の根本）青年」が育っていないと。

また、現代の急ぎすぎる教育についても「すべて成熟は早すぎるよりも遅すぎる方がよい。これが教育というものの根本原則だと思う」と。そして「情緒をきれいにするのが何よりも大切」で、「情操教育」をすべきであると。「芸術」には、心を調整する働きがある。

私たちも、心の「自然」が壊れがちになる。「情緒の調和」を大切にする必要がある。

自尊感情を高める教育
──上田紀行『かけがえのない人間』（講談社現代新書）

「穴ぼこに落ちてしまったほうが、かけがえのないものに出会えるということも多い。」

著者の上田紀行は、文化人類学者で東京工業大学大学院准教授。上田は、私たち一人ひとりは「誰もがかけがえのない存在」なのに、「どこまでも他人と交換可能な存在になってしまいつつある」という。自分の色やにおいがない、「透明人間化」している。そして、若い人たちに「自己信頼・自己評価の低さ」が非常に目立つとも言う。

では、どうしたら、自らの「かけがえのなさ」に気がつくか。本書で、作者の経験が書かれている。大学時代、やる気を失いノイローゼになり留年。身体と心の調子が悪くなりカウンセリングを受ける。一年後、見田宗介という社会学者のゼミで語り合い、本気で話を聞いてくれる仲間を見つける。その友人の影響でインドに行き、人間には「透明な存在」や「交換可能な存在」ではなく、「存在感」というレベルがあると気づいた。そこから、全身全霊で「こうしたい！」「これが欲しい！」と叫ぶことが大切だと思う。

そして、文化人類学科で「世界の様々な文化の中で、人は何によって元気が奪われ、どんな時に回復するか。そこに、どんなメカニズムがあるか」というテーマを見つける。「多くのネガティブなことによって、私は導かれてきました。しかし、私はいま、その数々のネガティブなことに心から感謝しています。」

壁にぶち当たって悩み、そこから誰とも交換できない自分と出会っていく。苦しみが「人生の宝」となっていく。一人ひとりが、他人と交換不可能な「かけがえのない存在」として生きていくには「自分を掘り起こす」ことだという。上田は、自分の中から「人生の（学びの）テーマ」を見つけている。人生のネガティブさに、向き合っている。ネガティブに見える体験の中に、隠された「私の芽」を見つけている。

心の傷も自分の資質に変わる。マイナスに見えるものが、プラスに変わった時、その人の「かけがえのなさ」が輝いてくるのである。

「自分自身にも愛と思いやりを向ける。自分を大切にされる存在だと認識できない人が、どうして人に優しくしたり、人のかけがえのなさを回復させることができるか。」

一人ひとりが自分の「かけがえのなさ」を回復すれば、社会は良くなる。「かけがえのない人間」が「かけがえのない行動」をした時、「愛と思いやりに満ちた社会」になるという。

本書は、自己回復の書であり、生きる意味を見つけた魂の書である。

師縁　―花開く時蝶来たり　蝶来る時花開く

「教育とは人生の生き方の種蒔きをすることなり」（森信三）

森信三は明治29年生まれ。京都大学哲学科の西田幾多郎門下生であり、後に神戸大学教授となる。教育者・森信三は、成長に必要なものとして「素質・逆境・師縁」の三点を挙げている。私なりに解釈すると、素質という面では「素直さ」が大事であり、逆境は「悩み」が人を育て、師縁では良き「出会い」は人生の宝であると。

特に三点目の「師縁」という点では、何歳になっても自分にとってのモデルやアドバイザーは成長に必要だと思う。学校の教師ばかりが師とは限らない。茶道や華道、囲碁やピアノの先生など。世界は広い。いたるところに先生はいる。ただ、どう出会うかである。出会いは「偶然」。しかし、「偶然」だけでないところが、人生の面白さだ。

花無心招蝶　　花は　蝶を招くに心なく

蝶無心尋花　　蝶は　花を尋ぬるに心なし

花開時蝶来　花　開く時　蝶来り
蝶来時花開　蝶　来る時　花開く
吾亦不知人　われもまた　人を知らず
人亦不知吾　人もまた　われを知らず
不知従帝則　知らずとも　帝則に従う

（『良寛詩集』創元社より）

人と人は、大きな宇宙の運行（「帝の則」）の中で出会うべくして出会っているのかもしれない。「花開く時蝶来たり　蝶来る時花開く」。

よき出会いをするためには、二つの点が大切だと思う。一つは、「積極性」である。出会いという言葉は「出て会う」と書く。前に一歩出てこそ収穫もある。二つ目は、「切に求める」ことである。とことんまで悩み、自分を向上させたいと一生懸命に求めようとするならば、良き師は自然と目の前に現れてくる。その積極性と真剣さが、師を呼び寄せる。「師」として発見するのである。

世界は、学校であり教科書。その世界で、どんな師と教科書を見つけるかは自分次第。そして、世界に一冊しかない自分の物語を書き上げていく。

第三部

心に向き合う

リフレーミング—陰は光に

「渋柿の渋がそのまま甘味かな」

（渋柿も皮をむいて軒先に吊り下げておけば、太陽の光に照らされ、寒い風に吹かれ、冷たい夜露に打たれていいるうちに、渋柿がそのままで甘露の甘柿に変わっていく）

「リフレーミング」とは、ある枠組み（フレーム）をはずして違う枠組みで見ることをいう。人によって見方や感じ方が違うから、長所が短所にもなる。

「思ったことをすぐに行動し積極的」と評価された人が、「計画性がない」と批判される。人は、既成の枠組みに縛られ、そこから外に出ようとしなくなる。自分を苦しめ、他人をその枠の中に入れようとする。本当は、自分の成長に応じて枠組みを変えていくべきなのに。自由に生きるとは、枠組みを、経験を通して変えていくことだと思う。

カウンセラーは、たとえクライエントの状況が99パーセント悪くても、1パーセントに可能性を見ようとする。そして、マイナスが、時間をかけてプラスに逆転する。「陰は光に」

である。「愚」という言葉も、「愚図」と悪く言われるが、「愚直」になると美質になる。親鸞は、自らを「愚禿（ぐとく）」と呼んだ。「おろかなはげあたま」の意である。良寛もまた、自らを「頑愚信無比」と書いた。愚かさを自覚することの大切さであろう。

宮沢賢治の「雨ニモマケズ」の素晴らしさは、「ヒドリ（ひでり）ノトキハ　ナミダヲナガシ　サムサノナツハ　オロオロアルキ」の「オロオロ」と揺れながら農民のことを心配する点である。それが、賢治が愛される所以でもある。

時に、枠組みを変えてみると、違った世界が見えてくる。教師は、柔軟な目が必要である。

学校が居場所——自尊感情を高める

「自尊感情」は、「自尊心」とか「自己評価」ともいわれる。自己に対する肯定的な態度のこと。生徒や保護者と面接すると、自尊感情が低いことに気がつく。これからの時代、自尊感情が高く、「逆境に負けない人間」の育成が重要になってくる。面接の中で「君は～が良いね」と褒めると、「でも～ですから」とか「そんなことはありません」などと自己否定の言葉が返ってくる。これは生徒だけでなく、保護者も同じ。子供を褒めても、親が教師の言葉を否定し、子供の悪い点をいくつも指摘する。自己肯定感が低い（自分を否定的にとらえる）と、相手を肯定できなくなってしまう。そのため、コミュニケーションがうまくいかないことも多い。褒め言葉は、人が生きる上での栄養になるのだが……。

では、海外ではどうか。ユニセフの「子供たちの幸福度調査」（２０１１年）で、先進国の中で最も高い国はオランダ。自尊心も高い。その理由として、①家族がゆっくり過ごす時間が多く、ゆとりある関係が保てる②１クラスの人数が25～30人と少ない③発達段階に応じた「個別教育」にあるといわれる。

自分の欠点をふまえて、それで自信をなくすのではなく、自分を肯定的にとらえて他と協調していくにはどうすればいいのか。保護者との勉強会では、以下の点を話している。

①他者との「横の比較」だけでなく、子供の成長史の中で何ができるようになったのか「縦の比較」をする。親や教師は、それを子供に伝える。

②小さな成功体験を積み上げていく。「完全な幸せはめったに得られない。それはとても稀な贈り物だ。でも、小さな幸せは手に入れられる」(コレット)

③口癖を変える。「どうせ～」「～したのに」というような否定的な言い方をやめる。むしろ初めに「良かった～」とか「今日も良かった。～だから」と、前向きの言葉を使う。

④自分を理解してくれる人と巡り会う。

⑤「自分の強み」を見つけ伸ばす。その中で、自我やアイデンティティを確立していく。

⑥親は子供の話に耳を傾け、子供自身に目標を持たせる。

⑦親自身が自己肯定する。

自尊感情が高い子は、「逆境に強い」といわれる。つまり、心のタフネスを身につけている。自尊感情を高める教育は、国際的競争力の高い人材を育成することにつながってくる。これからの時代に必要な力。先ず、自分を好きになり、そして相手を好きになることだ。

人間の愛すべき本質「愚」

―愚公山を移す・大賢は愚に似たり・「さかしらごころ」を去る

「愚公山を移す」は、私の好きな「故事」である。出典は『列子』（湯門編）。

意味は、「愚かな者でも怠ず努力していれば、何事も成し遂げることができる」。

昔、大行・王屋という二つの山の北側のふもとに90歳になる愚公という老人が住んでいた。二つの山に邪魔されて家への出入りを苦しんでいた。そこで愚公は家族と相談して山を崩し始めた。周囲の者は老いの身でとうていできないと冷笑するが、愚公は「子々孫々続ければ山は高くなっていくものではないから、いつかは平らにできるだろう」と答えた。この愚公の「志」に感じた天帝は、一夜で山を移させたという。そこから、努力さえすればどんな難事業でも成功するという意味に用いる。

この「故事」から私は二つのことを学ぶ。
①小さな努力の集積が大きな結果になる。
②小利口な者より、愚直な者の方が大きな仕事をする。

「大賢は愚に似たり」

老荘思想では、「愚」を尊ぶ。「老子」には「我は愚人の心なるかな沌沌（とんとん）たり」（私は愚か者の心だよ。にぶくてはっきりしないのだよ）とある。そして、自分のことを「融通のきかない能無しだ」という。利口に立ち回る世間の人々との対比である。

また、「荘子」にも「愚なるがゆえに道あり」とある。人間の浅はかな知恵に毒されていない、自然のままの生き方を評価する。

「さかしらごころ」を去る

辰野和男『私の好きな悪字』（岩波書店）の中で「愚の修業とは、己のこころにこびりついた〈さかしらごころ〉という垢を次第に洗い落としてゆく作業でもある」と書かれている。また、福原麟太郎さん（英文学者）によれば、イギリスの随筆家チャールズ・ラムは「徹頭徹尾、愚かさというものこそ人間の愛すべき本質があり、剃刀（かみそり）のように切れる人は警戒すべきであるという信念」を持っていたという。

何か課題があれば、すぐに「～がダメだから～できない」と否定の言葉が浮かぶ。私は、その「さかしら」から、「先ずやってみる愚かさ」を尊ぶべきだと思う。「前例がないから、やってみる」。「～できない」から「そりゃいいね、やってみよう」への転換。そんな進取の気風を大切にしたい。

未来をつくるリーダーシップ

―金井壽宏監修・野津智子訳『シンクロニシティ』（英治出版）

今の世の中は、優れた「演奏家」はいても「指揮者」がいないと言われる。しかし、特別なリーダー論ではなく、誰にでも必要な「リーダーシップ教育」が求められていると思う。リーダーシップは誰でも持てるものであり、自分の人生の主人公になることである。『シンクロニシティ』の作者・ジャウォースキーは、「リーダーシップとは、人間の可能性を解き放つこと」だと書いている。弁護士ジョセフが、「真のリーダーとは何か」を求めて旅へ出る。様々な先導者と出会う中で、あるべきリーダーシップの姿が浮かび上がる。

題名の「シンクロニシティ」を、ユングはこう定義する。「二つ以上の出来事が重要な意味を持って同時に起こること。そこには単なる好機の到来以外の何かが関わっている」。

そのこととリーダーシップはどうつながるのか。現実の課題に一心に取り組んでいると、必要な人たちが向こうから集まってくることがある。そしていくつもの「扉」が開き「流れ」が生じてくる。それは、一人ひとりの願いに基づく行動が、より大きなもの（つながりあう創造的な秩序）とつながっているからだという。世界はつながっている。単独でなく、主体者として生きることで「共時性」が起きてくる。

この本を読みながら、私なりにリーダーシップを育てる上で次の5点が必要だと考えた。

1．自己理解

「冒険することは不安を引き起こす。しかし、冒険しないことは自己を失うことだ。（中略）そして最高の冒険は、自己を自覚することにほかならない」（キルケゴール）

2．自らの使命を知る

「人間には一人ひとりに本当の使命が一つある。それは、自分自身へとつながる道をみつけることだ」ヘッセ

3．イマジネーション（想像力）

4．「強い想い」を持つ・コミットメント（一心に取り組むこと）

チャーチルは、「あきらめないこと」をリーダーシップの基盤とした。

5．意思を働かせて「ネットワーク」を作る

私たちは因果的思考に慣れきっている。でも、切に願い他者と共に生きる時、その夢を実現する出来事が偶然に起こってくる。それを、ユングは「共時性」と、神戸大学の金井壽宏先生のゼミでは「行き当たりバッ・チ・リ」と呼んでいる。

感情教育 ―「涙の理由」を考える

「涙」は「さんずい＝水」が「戻（もど）る」と書く。涙を流すことで、本来の自分に気がつき戻る。ところが現代は、「涙を流す」ことが少なくなっている。自分の感情をおさえて、自分の気持ちすら分からなくなっている。同時に自分の「意志」に気がつかない。実は、泣くことで自分の未来への「願い」「生きる方向性」が分かる、「意志」が分かるのだ。

小説や映画、他の人との会話、出来事に触れて涙を流す。こんな「人生」や「人間関係」を送りたいのだと気がつく。自己理解のヒントになり、「願い」を確認することがある。

私は、生徒の「願い」や方向性を知りたい時、最近感動したことを聞いてみる。どんな場面で、どこが良かったのか、共に考えてみる。それは、生徒にとっても自分を見つめるヒントになるのだ。「答えは自分の中にある。自分から始めよ」とは、イタリアの心理学者アサジオリの言葉である。自分に立ち戻る必要がある。

茂木健一郎さんは、重松清さんと『涙の理由』（宝島社）という対談集を出している。

・泣くことで自分にとって大事なものを掴まえる（茂木）
・大人は泣くことでリセットされる（重松）
・なぜ泣いたかを伝えるのは、「自分の一番大切なものを人に見せる」こと（茂木）
・「笑いの理由」「怒りの理由」「嘆きの理由」、感情教育が必要（重松）
・インターネットへの対抗軸は、自分の涙を持つこと（茂木）

重松さんはこの本の中で、「涙は究極の劣等生」だと言っている。自分の中の「劣等生」から学ぶ。笑いの効用がもてはやされているが、涙を流す理由を考えることも必要であろう。重松さんは浜田広介「泣いた赤鬼」が大好きだと言う。実は私もこの昔話が好きである。京北幼稚園では、毎年この昔話のスライドを園児に見せ話している。

私は映画を観てよく涙を流す。時々、こんな人生を送りたいと再発見する。涙を流すことは、自己実現の上で、とても大切なことだと思う。自らの意志の方向性に気がつき、「自己統合」へと向かう。涙を流すことは「危機」である。同時に人生の意志を知る上での良い「機会」（チャンス）でもある。

私たちは、自らの感情に敏感でありたい。学校全体は、ある意味で「感情教育」の場である。中でも、読書指導や作文教育はとても大切だと思う。

勉学と実践の両道の中で感性を育む

長田弘さん（詩人）が『世界は一冊の本』（晶文社）の中で、次のように書いている。

「書かれた文字だけが本ではない／日の光り、星の瞬き、鳥の声、／川の音だって、本なのだ。

（中略）人生という本を、人は胸に抱いている。／一個の人間は一冊の本なのだ。

（中略）本を読もう。／もっと本を読もう。／もっともっと本を読もう。」

私たちは、書かれたものだけが、本だと思いがちである。しかし、書かれていない大きな世界を読む力を身に付けたい。また、一人ひとりの人生も「一冊の本」。ところが、「現代」はこの読む力が衰弱している。その理由として、次の三点が考えられる
①「体験」に開かれていない。体験をしても、既成の枠の中に収め、新しく再構成しない。
「気づき」がない。孔子の『論語』（学而編）の中に「行余学文」（行じて余力あれば文を学ぶ）という言葉がある。勉学と実践の両道を重んじる必要がある。
②「感性」で感じる力が弱くなっている。頭で知識を覚えることはできても、心で感じる力

が弱い。心の痛みに鈍感である。

「生きているということ／いま生きているということ／泣けるということ／笑えるということ／怒れるということ／自由ということ」谷川俊太郎（「生きる」の一節）

③「沈黙」に耐えられない。すぐに言葉で埋めてしまう。沈黙に聞く（自分に向き合う）ことができない。

これからの「感情を育てる教育」に必要なことは次の点であろう。

①「学びと実践の両道」。社会との関係（つながり）を考えながら学ぶ。奉仕活動。円了先生は「奮闘哲学」で、哲学には向上門と向下門があり、向上門だけでなく向下門（哲学の実行化・社会への還元）が必要と説いている。

②「感動する体験」。特に日本人として自然の美しさや文化に触れる体験をする。

③「沈黙の時間を持つ」。一日の中で、少しでも自分を静かに見つめる時間を持つ。

エリーズ・ボールディングは、『子供が孤独（ひとり）でいる時間』（こぐま社）という本の中で「人間には孤独（ひとり）でいるときにしか起こらないある種の内的成長がある」と言う。内へ向かうことは、自分自身を発見するために欠かせない条件だとも。

体験を通して他者とつながり、一人の時間を持ち行動する。そんな内省的な人間の育成が求められる。

共に「夢を生きる」経験を

「夢分析」※の学習会で、このような夢を語る人がいた。

「大海原に浮かぶ小舟。横を大きなタンカーが通り過ぎる。転覆しそうで怖い」

夢は必要とあれば何度も登場し、内面の状況と「生きるヒント」を教えてくれる。私はその人に「小さな舟の方が、海の底にあるものもよく見えますね」と答えた。ともあれ、大切なのは、その夢を味わい、夢と付き合うことだ。信頼できる関係の中で、人は「夢を生きる」ようになる。教えるのではなく、共に揺れながら。この舟の夢は、自尊感情の夢なのかもしれない。では、どうすれば、しっかりした「自尊感情の舟」を作ることができるのか。

現代では自尊感情、つまり自分を肯定し大切に思える感情が、低くなっている。

近藤卓は『死んだ金魚をトイレに流すな』（集英社新書）の中で、自尊感情を二つに分類している。①基本的自尊感情（「生きていていい」無条件・絶対的な感情）②社会的自尊感情（他者との比較で「とても良い」）。

「基本的自尊感情は、挫折や困難を乗り切る原動力・生きる力となる」と書く。「小舟とタンカーの夢」は自己と他者との比較であり、社会的自尊感情のことだろう。それだけでは、揺れて不安である。彼には「基本的自尊感情」を育てる必要がある。

近藤は今の日本の子供たちを取り巻く状況の変化を次のように指摘している。

①日本人の死生観の変化・生の希薄化

死んだ金魚を生ゴミで捨てたり、トイレで流す親たちが増えている。

②孤立化——孤独や不安を受け止めてくれる人間がいない。

③生に対する信頼感がない。「自分は生きていていいんだろうか」。

④「基本的自尊感情」の低さからくる「いじめ」。自分より下の子を作る。

⑤肥大化した「社会的自尊感情」（自己中心的）

その対策として、二点挙げている。

①「共有体験」（親、または誰かと「信頼関係」を作る。愛される体験）。「何があっても絶対お前の味方だからね」というメッセージ。

②叱る時には「部分肯定、限定的な否定」。「お前は悪い」ではなく、「〜したお前は悪い」。

大人たちが感動的・人間的に生きている中で、自然に「命の大切さ」が子供たちに伝わる。そして、「基本的自尊感情」が育まれる。

※「夢分析」……夢を記録し分析することで、その人の無意識を探ろうとする心理学の方法。

仏教とカウンセリング　―「無財の七施」とプラスのストローク

『雑宝蔵経』（ぞうほうぞうきょう）に「無財の七施」という教えがある。地位や財産がなくても他に施すことができるもののことだ。

①眼施（げんせ）やさしい眼差し。②和顔施（わがんせ）にこやかな顔。③愛語施（あいごせ）やさしい言葉。④身施（しんせ）自分の身体で奉仕する。⑤心施（しんせ）思いやりの心。⑥床座施（しょうざせ）席や場所を譲る。⑦房舎施（ぼうしゃせ）風や雨露をしのぐ所を与える。

この「無財の七施」は、人間関係において大切なことだ。②の「和顔施」。「笑顔」は関係作りの基礎。ホリプロの堀威夫社長も笑顔の大切さを指摘する。「事務所の玄関に大きな鏡をかけてあります。社員が、出入りの際に自分の顔を点検する為です」と話されていた。

③の「愛語施」もプラスのストローク（言葉）として有効である。素直に相手の素敵な点を褒めること。ただ、これが難しい。保護者対象の「親子関係講座」では、二人のグループ

を作り、相手にプラスのストロークを投げかける。持ち物や外見、小さなことから始める。人は、褒めることに慣れていない。もちろん褒められることにも。それを体験として行い、習慣化するように、リフレーミング（枠組みの転換）のエクササイズをする。何度か繰り返していると、他者（＝子供）の良いところに気がつきやすくなる。他者の良いところが見えてくると、自分に余裕ができる。他者を一面的にしか見られない人は、自分の自己概念も狭いからだ。他者をありのままに見ることは、自分をありのままに見ることに通じる。

プラスのストロークの大切な点は、嘘をつかないこと。投げかける言葉通りに思える自分を、日頃から作ることが大事になる。カウンセラーの「自己一致」とは、このことであろう。このエクササイズは、カウンセラー養成の体験実習で行われるが、一般にも有効だ。学校から帰ってきた子供に、怖い顔をしてマイナスのストロークばかりを投げ「最近、子供が話してくれない」と嘆く親。時には自分を変えて、プラスのストロークで接したらどうですかと話す。他者を変えようとするより、自分を変える。それが眼目である。急がば回れ。

仏教とカウンセリングは、通じ合う。仏教カウンセリングを知るには大須賀発蔵先生の著書『いのち分けあいしもの』『陰は光に』『心の架け橋』を勧めたい。

心想事成 ―心に想う事が成る

読売ホールで開かれた、臨済会「禅をきく講演会」に参加した時のこと。会場で書籍を見ていると、突然、担当の若い僧侶に「先生じゃないですか」と声をかけられた。よく見ると、卒業生のK君だった。K君は、大学を卒業し平林寺で修業。今は実家の臨済宗のお寺の副住職をしているという。高校時代、演劇部員だった彼と比べて、想像もつかないほど立派になっていた。

その日の講演は、天龍寺師家の佐々木容道老師と奈良国立博物館学芸部長の西山厚先生だった。佐々木老師は、天龍寺のお庭を作られた鎌倉・室町時代の禅僧「夢窓疎石」の言葉「山水に得失なし」について話された。夢窓と足利直義との問答をまとめた「夢中問答集」にある「山水に得失なし、得失は人の心にあり」である。山水とは、自然の石や水で造られた庭のこと。なぜ、寺院の中に山水庭園を造るのか。人間はどうしても得失を考える。ところが、自然は利害得失を超えているとのこと。山水に学ぶ。天龍寺では、雲水たちが夜間に庭に向かい座禅をするという。

佐々木老師のお話を聞きながら、ある言葉を思い出した。十数年前に大雄山の山主・余語翠巌老師にお聞きした「至道無難、只嫌択を嫌う」である。「至道」とは、悟りに至る大道であり、仏道のこと。

「仏道は難しいものではない、物事を対立的に見たり選り好みをしたりしないこと」の意味である。損得や好き嫌いでは生きない世界。私には、遥かに遠い境地だが心に残る言葉である。

西山先生のお話は、奈良・唐招提寺に伝わる鎌倉時代の釈迦如来像の像内に納められている文書のこと。その文書には「必ず必ず、これらの衆生より始めて、一切衆生、皆々、仏となさせ給へ」とあり、人の名前にまじり、クモ・ノミ・シラミ・ムカデ・ミミズ・カエル・トンボ・カなどの名も書かれているという。人間も、その他の動物も、植物も、命なき細かい塵さえも等しく平等と見る。仏教は、究極の平等思想だと話された。

西山先生は、とても気さくな方である。お人柄が反映されているのだろう、『仏教発見!』(講談社現代新書)は、とても分かりやすい本である。先生は講演会終了後、その本に「心想事成(心に想う事が成る)」と書いて下さった。

仏教は、面白い。

先ず「自分」から出発する

アサジオリは、イタリアの精神科医である。「ユングは、心理の世界にsoulを入れた。アサジオリは、それにspiritを入れた」といわれる。

アサジオリは、大学で精神分析と出会う。フロイトの精神分析を学ぶ中で、心の否定部分だけでなく、健全さや可能性という肯定的部分も認め、それらを統合すべきと考えた。そして、「サイコシンセシス（統合心理学）」を発表した。そこから、サイコシンセシスは、「愛・魂・意志を取り戻した心理学」といわれる。

アサジオリの面白いところは、人間を分析的にではなく統合的に考えた点だ。彼の考え方に「脱同一化」がある。私たちは、とかく過去への後悔や未来の不安で自分が一色になりがち（「同一化」）。しかし、そんな自分を眺める「違う自分」がいることを意識化する（「脱同一化」）。サイコシンセシスのワークで、二人組になり「～という私がいます。逆に～という私もいます。両方の私がいることを分かって下さい」と話し合う。

自分を客観的にとらえ、コントロールしていく。自分の中にある様々な面を否定的にではなく、認めてあげる。否定的部分も、それなりに必要があったからと存在を認める。大切なのは、自分の中にある様々な要素を、どうコントロールしていくか。オーケストラの指揮者のように、自分が自分の主人公になる。そして、高い自己に統合していく（個人の自己実現が、人類の自己実現につながっていく）。そのためには、先ず「自分」を知ることから出発し、それからは、自らの「意志」が鍵となる。

私たちは、事件や問題が起きると、社会や環境のせいにしがち。しかし、他人のせいにすれば、自分が無力になるだけ。変えることができるのは、先ず「自分」。

情報化社会の中で、「外からの情報」には敏感だが、自分の心や身体からの「内なる情報」には鈍感である。一番遠いところにあるのは、逆に「自分」なのかもしれない。

次のような五木寛之の言葉が思い出される

「情報とは『情を報ずること』であって、情というのは感情であったり人間の感覚であったり。ですから根本的に、数字とか統計とかデータというのは、情報というよりもむしろ情報の下位に属するものです。」（『何のために生きるのか』稲盛和夫との対談集）

人生における「自分」は、大海に漕ぎ出す舟のようなもの。航路を自らが選ぶ中で、自分の人生が作られていく。その航路の軌跡が「キャリア」なのかもしれない。

「個性化」への道

私たち一人ひとりは、一艘の船で、航路をコントロールする「船長」かもしれない。無事な航海をするには自分を知るしかない。

私は、四十代の後半の頃、ユング派のカウンセラーを通して「夢分析」や「箱庭療法」※を学んだ。「夢分析」を受け、「箱庭」を置いた。毎晩の夢を、ノートに記録していたことがある。カウンセリングの基本は、理論より先ず自分が体験すること。体験を通じて気づきが生まれる。ユング派の分析家になる条件の一つに、自らが少なくても300時間以上の分析を受けることだといわれる。

ユング派（分析心理学）では、夢は無意識、特に集合的無意識あるいは元型からのメッセージと考える。

ユングは、人間が意識しているのは、心の中のほんの一部で、残りの領域は無限大に近い無意識の世界を形成していると考える。自分を全体的に理解するには、無意識を知る必要がある。無意識は、夢を通して様々なことを伝えてくれる。夢分析の場では、夢の意味を狭く解釈するのではなく、カウンセラーとクライエントの二人が、夢を「共に味わう」。

対話などを通じて夢からもたらされるイメージやその意味を膨らませる。意識と夢（無意識）とをつなげ再構成し深めていく（拡充法）。

夢は読み解く中で、私たちをもっと広い世界に誘ってくれる。例えば、自転車に乗って空を飛んでいる夢を見たとする。先ずは「自転車」からイメージするものや、その時の気持ちを話し合う。時には、映画や文学作品にまで話題は広がる。そこから、今の自分を知ることができ、どんな姿を願っているのか、クライエント自身が気づく。このようにして、無意識からのメッセージと向き合うことで「自己実現」につなげていく。自分を深く掘り知ることは、他者を知り、つながることになる。

「箱庭療法」も同じである。日本に紹介したのは、スイスのユング研究所に留学していた河合隼雄先生。日本の伝統にも「盆石」がある。大きさの決まった箱の中で砂や玩具を使い自由に表現する。自己の内面の表出。これも「解釈」するより、二人で「味わう」。夢分析も箱庭も深い部分の自己理解の上で有効である。

長く夢分析を続けると、夢が色々なことを教えてくれる。無意識の方が、先に気がついているからである。何度も見る夢。継続するテーマ（課題）がある。課題が解決すると、夢に

※「箱庭療法」……一定の広さの箱の中で、クライエントがおもちゃや砂を使って自由に表現する心理療法。

出て来なくなるから不思議である。夢は、水先案内人かもしれない。

私はその「夢分析」や「箱庭」を通じての自己探究の過程で、二つの点が起こりやすくなっていると思う。

一つは、「シンクロニシティ」（共時性）で「意味のある偶然の一致」である。これに、気がつきやすくなる。この直感的な意識と行動とが調和する過程を、ユングは「個性化」と呼んでいる。人との「出会い」もそうである。それは、自分の深いところからくる願いに従って行動しているからであろう。

二つ目は、「セレンディピティ」、つまり「偶然をとらえて好運に変える力」が育つ。

この二点が育つことが「個性化」であり、成長の道だと思う。

不許葷酒入山門

目の前の生徒のために ——心理学者への道・河合隼雄

「『愛する』という言葉がありますが、それはいかなることがあっても関係を切らないということではないかなと、このごろ思っています」

「現場感覚というのは、ちょっとちがうかもわかりませんが『センス・オブ・リアリティー』といえるかもしれない。それをだいじにぼくは子どものときから生きてきたとおもいます」（『河合隼雄その多様な世界』岩波書店）

心理学者・河合隼雄先生の経歴は、面白い。1928年に兵庫県に生まれる。京都大学理学部数学科を出て奈良育英高校の数学教師になる。ところが、教科だけではなく、生徒が色々な悩みを持って相談しに来る。そこで、大学に通い心理学を学び始める。当時は、その分野を教えてくれる人もいなかったので、さらにアメリカに行って学ぶ。そこから、今度は1962〜1965年までスイスのユング研究所に留学。日本人で初めてユング派精神分析家の資格を取得している。きっかけは、目の前の生徒のためから、というその行動力に驚く。そして、京都大学教授・国際日本文化センター教授を歴任。２００２〜２００７年まで、文化庁長官を務めた。

河合先生の考え方の面白さは、柔軟さとバランス感覚である。一方に、かたよりすぎないこと。カウンセリングでは、「陰」の中に「光」の存在を見る。自分という存在は良いところも悪いところもひっくるめて世界に一人しかいないと考える。重い問題でも、ユーモアをまじえて明るく話される。

「相対思考」の柔らかさ。しかも、深さと広がりがある。そして、分かりやすい。

「まじめも休み休み言え」「二つ良いこと、さてないものよ」という、バランスの取り方なのである。

心の問題は深くて広い。とうとう、河合先生は日本文化とも向き合うことになる。外からではなく、内面に向かい、そこを出発点にして変えていこうとする先生の姿勢が好きである。

河合先生に『中年クライシス』（朝日新聞社）という本がある。中年期の危機に光をあてている。また、別の著書でこうも書かれている。

「青年期には生きてゆくのに必要な知識や技術の修得に忙しくて、悩んでいる暇などない、と言えるのではなかろうか。そこで、青年期を表面的には無事に通過しても、人間存在に根源的につきまとう、『人はなぜ生きるのか』『死とは何か』などという問題が、中年になって

から急に襲いかかってくるのである」（『おはなしおはなし』朝日新聞社）

人の成長という考えに立てば、ピンチはチャンスということになる。

人生には「思春期」だけでなく、「思秋期」というものがある。身体の変化と共に、内面の揺れを経験するのである。河合先生は「中年クライシス」という言葉を使っている。クライシス（危機）なのである。しかし、危機は危うい機会と書く。自分を再構築していくチャンスでもある。状況に相応しい自分の在り様を、他者との関係の中で作っていく。痛みを伴いながら。自分の揺れに身を任せるしかない。それは、「人生の成熟」のために必要なこと。

そんな揺れの中で、様々なことに悩む。

悩みが成長の上で必要なのは、「思春期」も「思秋期」も同じ。真っ当に悩む必要がある。それは、「人生後半をどのように生きるか」につながるからである。

人間関係の創造
―人間関係は存在するのではなく創造するものである

「独りよがりの杭ではなく、協力し合う杭になる」（村田昭治）

慶応大学名誉教授・村田昭治先生の『なぜ彼はいつも笑顔なのか』は、心のビタミン剤のような本。村田先生の専門はマーケティングだが、慶応大学文学部に入学している。そこで、永井荷風に憧れて小説を書く。ところが、「三田文学」の方に「人生はいろいろな道がありますよ」と言われ、才能がないと自覚して経済学部に転部。回り道である。

「無駄をして回り道をすることこそが、人間の魅力を百倍にさせる」。

その後、ハーバード・ビジネス・スクールに留学。ザルゼニック教授の「人間関係論」を聴講。「人間関係は存在するというものでもなく、面倒なものでもない。素敵な人間関係を創造するもの、創り上げるものだ。」そのためには、人と人との触れ合いの中で遭遇するチャンスを逃さないこと。そのチャンスは自ら進んでポジティブに生きているときにだけ訪れると学ぶ。

また、村田先生は、三つの「み」を避けようと書いている。三つとは「ねたみ、やっかみ、ひがみ」。「この三つの〝み〟がなければ、もっと美しい人間関係が創り上げられる」と。村田先生の最終講義（平成十年三月）のテーマは、「私は、まだまだ未完成」。私たちは、人間関係で悩み、逆に喜びながら成長していく。人間の「間」という字には、「すきま」「へだたり」というほかに「関係」「あいだがら」という意味がある。どれだけ素敵な人間関係を創造できるかは、その人の人生を左右するし、その人の「能力」であり「魅力」のように思える。振り返れば、過去のマイナスに思えるような辛いことが、感謝すべきプラスに転換する時がある。人生に無駄なことは一つもない。

後に、あの時あの人に会ったから今の自分があると思えるような出会い。自分が本当に必要としている時に、必要な人が現れる不思議さ。だが、そんな人が現れるのは自分が真剣に悩みながら生きようとしている時ではないか。仕事、勉強、友人、家族等の様々な悩みの中で困っている時に、自分に必要な人が現れる。人は出会いを通して自分を創っていく。お互い成長する出会いこそ、本当の出会いではないか。村田先生は学生時代に小泉信三先生と出会い、「〝学ぶ〟ということに、スパークしました。心が爆発した」という。生涯続く、友人や先生との出会い。その時に大事なのは、自分の方から一歩出て会うこと。

「関係性の回復」と「自らが物語を紡ぐ力」
——玄田有史『希望のつくり方』（岩波新書）

『希望のつくり方』の著者玄田有史さんは、東大社会科学研究所の教授で「労働経済学」が専門。

現代社会は、自殺・孤独死・ひきこもり・ニートなどの孤独化現象が深刻化している（「無縁社会」）。そんな中で、玄田さんたちは「希望学」を提唱し研究し続けている。

希望には、強い『気持ち』、かなえたいと思う『何か』を決めること、『実現』に向けた道筋、そして『行動』の4本柱が必要だという。そして個人の希望だけでなく、社会の希望を考えるのであれば、一緒にやる「他者」が欠かせないと。仲間の必要性である。

私は、この本を読みながら二つの観点の大切さを痛感した。

一つ目は「関係性」の重要さである。二つ目は、「自助努力」である。

一つ目の「関係性」であるが、切り離され薄れていく人間関係を回復していくこと。そのためには、守られ安心できる関係（経験）が必要である。そこから、出発する。追い立てるのではなく、「待つ」ことで、その人らしさを発見し歩き始めるのを援助する。ところが、現代は待てない社会になっていると玄田さんはいう。私も、効率化の陰で失ったものは「待つ」ことだと思う。そして、人が人として成長するには、「時間」と「他者」が必要であり、「学校」は良き出会いの場として重要である。

玄田さんは、実現見通しのある希望を持つためには「仕事・収入・健康・学歴など、その人に広く選択可能性が開かれていること」という。そのために社会ができることは、先ず雇用対策であると。関係性の回復という点では、「家族の信頼やゆるやかな信頼でつながっている友人の存在など」も必要だという。

二つ目は「自助努力」である。「自分創り」に関する努力である。挑戦し、挫折し、それを経験として自己成長していく。自らのキャリアとして紡いでいく力である。「人生振り返れば無駄なものは何もない」という考え方。

その時には「無駄」とか「回り道」が有効である。急がば回れである。遊びから「希望」が生まれてくる。

困難な状況の中でこそ、先人の知恵に学びながら力を結集する必要がある。

生きるヒント ―河合隼雄『ココロの止まり木』(朝日文庫)

「人間は、だれかが一方的にだれかの役に立つようなことはなく、思いの他相互的と思われる」

『ココロの止まり木』の著者河合隼雄先生は、臨床心理学者・心理療法家。スイスのユング研究所に留学、日本人で初めてユング派精神分析家の資格を取得する。

河合先生の文章は、「カウンセリングの視点」である。強い人には見ることができない世界、「たましいの風景」を見ることができる。人それぞれが違い、自分の中に良いところも悪い所もある。それらをひっくるめて、世界に一人しかいない他者であり、自分として見ることが大事だと説く。

「思春期」について。口数が少なくなると同時に、内面に向き合っていく。こちらも、しっかり向き合うことが大事だとして、このように書く。

「思春期は、毛虫が蝶になる前に『さなぎ』になるようなものである。外からみると何もしていないように見えるが、そのなかでは大変革が起こっている」

人は、「どうせ〜だから」という枠をゆるめてみると新しい発見がある。

「年齢や性にこだわる人は単調になる。(中略)年齢を括弧に入れて、時にははずしてみたり、括弧の囲みを強くしたり、弱くしたりすることで、人生はだいぶ豊かになる」

河合先生は京都大学を卒業後、奈良育英学園に就職する。その時の先輩の数学教師寺前弘之助先生のことを「カッパ先生の思い出」として書いている。頭髪の形がオカッパ気味だった寺前先生。ある時、生徒が机の蓋の裏に小刀で彫り込みの落書きをする。寺前先生は、放課後職員室に呼んで彫刻刀と板を渡し、二人で並んで木版を彫る。それから、二人で放課後木版彫に熱中するようになる。

「上から下へ教え込もうとして、エネルギーを注ぐのではなく、カッパ先生のやり方は、先生と生徒が肩を並べて、仕事に熱中するのだ。そこには、表面的には関係がないようで、はるかに深い関係ができあがっている。そして、その深い関係を支えとして、生徒は自分の力で立ち直っていくのである」

この寺前先生と生徒の関係は、カウンセリングの営みに似ている。

河合さんの本は、凝り固まった思考をもみほぐしてくれる。視点を変えて見るだけで、楽しみが増える。肩に力を入れすぎないで、リラックスして生きるヒントを教えてくれる。

ロジャーズの言葉　『人間論』から

（「ロージャズ全集」12　岩崎学術出版）

ロジャーズは、来談者中心療法の創始者。ロジャーズの理論は、実践（治療経験）の中から出てきた。ロジャーズには、「個人には自己実現する自由、すべての可能性を発展させる自由があり、いったん自己実現の過程が進行し始めると、人は完全に機能する人間になるという究極目標に向かって前進し続ける」という基本仮説がある。

・「クライエントは、素敵な人になりたくて私のところに来る」

クライエントは、カウンセリングの過程を通して自分らしく自由になっていく。

松尾芭蕉は、自らの俳諧を「夏炉冬扇のごとし」と書いている。夏の炉や冬の扇のような無駄なもので、何の役にも立たないと。カウンセリングも似ている。無駄なことのように思えるが、必要な人には必要になる。

・「わたしが自分自身の経験によく耳を傾け、自分自身であることができるなら、非常に効果的である」

経験から学ぶ。自己概念が狭すぎると、なかなか経験を受け入れない。自己理解は、本からではなく、体験を通して学んでいく。

・「わたしが他人を理解することを自分に許すことができるなら、非常に大きな価値がある」。自己理解から他者理解へ。自分の中にあるものを理解すれば、他者も理解できる。

・「人とわたしとの人間関係において、わたし自身あるがままに行動しないならば、結局人に対して援助的でない」。周囲を気にし、既成概念で人に会っても、援助的な関係になれない。自分があるがままに行動することが、人との良い関係を作る。

・「わたしが自分の現実や他人の現実に開かれていればいるほど物事を急いで処理しようと焦らなくなる」。現実を見る前に、早わかりしてしまう。待てなくなっている現代。「いそがなくてもいいいんだよ／種をまく人のあるく速度で／あるいてゆけばいい」(岸田衿子)

ロジャーズが1983年、来日した時の言葉。

「私たちは、美しい夕日の沈む空を眺めながら、あの雲の色はもっと赤い方がいいとか、こちらの紫色の雲は黄色でないから駄目だとか、そんな風に思いながら眺めることがあるだろうか。おそらくは、美しい落日の光景をあるがままに、全体として感動をもって眺めるのではないだろうか。人間の心をあるがままに受容するのも、この夕日の光景を味わうことと同じである」

言葉の杖　―先人の名句、名言より

「去年今年貫く棒のごときもの」（高浜虚子）
古い年が去り、新しい年が来る。貫いているものはまっすぐで変わらない。「一筋の道」を信念を持って歩いていく。
「よくみれば薺（なずな）花咲く垣根かな」（芭蕉）
目立たぬところに春の訪れを感じている。薺は春の七草。
「いわゆる頭のいい人は、言わば足の速い旅人のようなものである。人より先に人のまだ行かない所へ行き着くこともできる代わりに、途中の道ばたあるいはちょっとしたわき道にある肝心なものを見落とす恐れがある」（寺田寅彦）
〝特急〟ではなく、〝各駅停車〟の良さもある。寺田は、物理学者で随筆家。
「千日の稽古を鍛（たん）とし、万日の稽古を錬とす。」（宮本武蔵『五輪書』）
日々の鍛錬が、肝心。武蔵は江戸時代の剣豪。書画も優れている。

「我々の最も平凡な日常の生活が何であるかを最も深く掴（つか）むことによって、最も深い哲学が生まれるのである。」（西田幾多郎）

空理空論を弄ぶのでなく、「日常」という自分の足元をを深く掘る。そこから哲学が生まれる。西田の人生で最も苦しい時期は、京都大学で教鞭をとっていた時。長男の死、娘たちの相次いでの発病。妻が脳溢血で倒れ寝たきりの生活。その中で、西田哲学を確立していく。

「愛語能（よ）く廻天（かいてん）の力あることを学すべきなり。」（道元）

真心の言葉こそ、人を変える力がある。

「貧困をつくるのは神ではなく、私たち人間です。私たちが分かち合わないからです。」（マザー・テレサ）

頂いたものを、分かち合う。「おすそ分け」の心。

「君が行く道は一筋ひとすじを行けぬかぎりは行けよとぞ思ふ」（尾上柴舟）

一筋の道を、可能な限り突き進む。たった一度の人生だから。

「人間の生き方には四種類しかいない。光から闇に生きてしまう人。闇から闇に生きる人。また、闇から光へ生きる人。そして光から光ある世界へ生きる人」（塩沼亮潤）

塩沼師は、仙台市秋保・慈眼寺住職。大峯千日回峰行大行満大阿闍梨。今、自分の置かれている世界の辛いことや悲しいことを跳躍台として生きていく。光ある世界へと。

あとがき

人と出会い、言葉と会う

「教育現場の教師がもっと声を発すべき。評論家ではなく、そこに生きる人間の生の声を」とは、金内茂男先生の言。私が、教員になってから勤務後にカウンセリングを学んだカウンセラーである。人は人と出会い、言葉と会う。

言葉は、生きるうえで光になり杖になる。同時に、この身に刺さる矢ともなる。言葉で傷つき言葉で癒される。言葉は人でもある。

私は、金沢大学の卒論に故郷能登の作家「加能作次郎」を選んだ。漱石や鷗外のような大きな山脈ばかりを追うのではなく、故郷の能登に取材した作品を創作した作家を対象にした。それは、恩師の森英一先生との出会いによる。今も、加能と離れられない。また、詩の面白さを知ったのは、栗原敦先生のおかげ。卒論試問の時には、副査の川本栄一郎先生が「杉原君は、この卒論を心で書いている」とコメントして下さった。金沢大学時代に指導していただいた先生方との忘れられない出会いと言葉の数々。

早稲田大学専攻科の時には、榎本隆司先生や杉野要吉先生と出会い、夏目漱石や中野重治文学を学ぶ。中野は金沢で旧制高校の時代を過ごしている。

自分が歩む道には、星座のような出会いがある。その出会いに導かれているようである。五人の先生方はいずれも金沢大学、早稲田大学を退官されている。しかし、これからも、私はご恩を忘れずに、心を筆にかえて書いて行きたい。

夜空の素敵な星座

今、教師生活で何を大切にしているか。生徒、教師、保護者との人間関係。そして、〈建学の精神〉である。

自宅から車で四十分程行った所に、佐倉城址公園がある。城内の三つの逕（みち）の合流する所に「三逕亭《さんけいてい》」。そこに、「忘筌《ぼうせん》」という茶室。昨年、この茶室でお抹茶をいただいた。大徳寺孤蓬庵を模して作られたもの。元は、乃木神社にあったものを移築。

「筌」は、魚を捕える道具。いわば、手段。「忘筌」とは、手段にとらわれて目的を忘れないようにと理解している。本質を忘れないこと。枝葉の部分にとらわれ過ぎないこと。

学校ならば、創立の理念。何のために、学校が創られたのか。人生ならば、より良く生きること。私の課題でもある。

私は、教師として人間としての歩みを、書くことで〈生きる証〉として残して行きたい。この本も、その〈軌跡〉である。

本書がまとまったのは、みくに出版の安修平さんと編集者の本郷明美さんのお陰である。本作りの過程がとても楽しく感じられた。また、本文中のカットは、私の好きなお茶に関するものを入れて下さった。お二人との出会いも、私の人生という夜空の素敵な星座の一つである。

２０１４年1月

杉原米和

初出一覧

第一部 よりよく生きる

・人生最後の一日 ―スティーブ・ジョブズの死に思う―〔2011年10月17日〕
・天上大風 ―顔をあげて空を見よう、さわやかな風が吹いている―〔2011年10月24日〕
・人高く、天高く ―陶芸家・河井寛次郎に思う―〔2011年10月27日〕
・植木等 ―父から子へ「人間平等」から「スーダラ節」―〔2011年10月28日〕
・北海道・旭山動物園の奇跡 ―「動物のための動物園」復活プロジェクト―〔2011年10月29日〕
・茶席の楽しみ ―花を愛で、掛け軸の禅語を楽しむ―〔2011年11月2日〕
・情報化社会の中で ―映画『ハーブ&ドロシー』に学ぶ「生きるスタイル」―〔2011年11月9日〕
・火を受け継ぐ ―西田幾多郎から老教師へ、そして……〔2011年11月29日〕
・橘曙覧 ―「独楽吟」を味わう―〔2011年12月12日〕
・生きていく知恵と楽しみ ―松浦弥太郎『今日もていねいに。』―〔2011年12月14日〕
・水に聞く ―水にまつわる言葉のいくつか―〔2011年12月20日〕
・水が流れるように、風が大空を吹きわたるように―新井満『自由訳 老子』―〔2011年12月22日〕
・白洲正子の生き方 ―骨董とのつきあい―〔2012年1月11日〕
・岩波茂雄と「風樹の嘆」〔2012年1月12日〕
・禅語に学ぶ ―無事是貴人―〔2012年1月13日〕
・人は夢を生きる旅人 ―若山牧水記念館・芹沢光治良文学館を訪ねて―〔2012年1月14日〕
・「感動」は人を創る ―椋鳩十記念館を訪ねて―〔2012年2月1日〕
・急がば回れ〔2012年2月2日〕
・夢の実現 ―「自助」と「共助」の精神―〔2012年1月17日〕
・抱真 ―「素樸ということ」―〔2012年1月18日〕
・吉川英治「朝の来ない夜はない」 ―まっすぐな向上心―〔2012年1月20日〕
・祝祭としての人生 ―山本寛斎『熱き心 寛斎の熱血語10ヵ条』―〔2012年1月21日〕
・落ち穂拾い〔2012年1月27日〕
・自分らしい花を ―「内なる声」を聴く―〔2012年1月28日〕
・「街歩き」の楽しさ ―池内紀さんの生きるスタイル〔2012年1月30日〕
・生活と芸術 ―宇野重吉と武者小路実篤―〔2012年2月3日〕
・「出会い」を求める〔2012年2月8日〕
・詩集『希望』を読む〔2012年2月9日〕
・「間(あわい)」に生きる〔2012年2月14日〕
・求められる「人間力」〔2012年2月16日〕
・「一座建立」の世界 ―小堀宗実『茶の湯の宇宙』―〔2012年2月20日〕

・借りたら返す ―永六輔『大往生』『職人』― 〔2012年2月21日〕
・塔組みは木の癖組み、人の心組み ―西岡常一『木に学べ』―〔2012年3月2日〕
・人間的な力をつくす能力 ―中野孝次『今を深く生きるために』―〔2012年3月12日〕
・私の仕事は机に向かうこと ―吉村昭『わたしの流儀』―〔2012年4月17日〕

第二部 教えるということ

・東北へ、それぞれの思いを繋ぐ 〔2011年10月5日、6日〕
・先師先人の「志」をつなぐ 〔2011年10月7日〕
・後ろ向きに進む ―「みな人を渡さんと思う心こそ」―〔2011年12月3日〕
・ビィジョンを描く ―急トスルトコロ人材ヨリ急ナルハナシ（小林虎三郎）―〔2011年12月17日〕
・生徒と共に歩いていく ―伴走者として―〔2012年1月19日〕
・人生は航海―夢を生きる―〔2012年2月7日〕
・還元 ―震災後の教育―〔2012年2月17日〕
・情操教育 ―岡潔『春宵十話』〔2012年2月23日〕
・自尊感情を高める教育―上田紀行『かけがえのない人間』―〔2012年3月9日〕
・師縁 ―花開く時　蝶来たり　蝶来る時　花開く―〔2012年2月16日〕

第三部 心に向き合う

・リフレーミング ―陰は光に―〔2011年10月15日〕
・学校が居場所 ―自尊感情を高める―〔2011年11月8日〕
・人間の愛すべき本質「愚」 ―愚公山を移す・大賢は愚に似たり・「さかしらごころ」を去る―〔2011年11月10日〕
・未来をつくるリーダーシップ ―金井壽宏監修・野津智子訳『シンクロニシティ』―〔2011年11月11日〕
・感情教育 ―「涙の理由」を考える―〔2011年11月14日〕
・勉学と実践の両道の中で感性を育む 〔2011年12月5日〕
・共に「夢を生きる」経験を 〔2011年11月30日〕
・仏教とカウンセリング ―「無財の七施」とプラスのストローク―〔2011年12月1日〕
・心想事成 ―心に想う事が成る―〔2012年1月23日〕
・先ず「自分」から出発する 〔2012年1月25日〕
・「個性化」への道 〔2012年1月26日〕
・目の前の生徒のために ―心理学者への道・河合隼雄―〔2012年1月31日〕
・人間関係の創造 ―人間関係は存在するのではなく創造するものである―〔2012年2月4日〕
・「関係性の回復」と「自らが物語を紡ぐ力」 ―玄田有史『希望のつくり方』―〔2012年3月5日〕
・生きるヒント―河合隼雄『ココロの止まり木』―〔2012年3月24日〕
・ロジャーズの言葉　『人間論』から〔2012年3月27日〕
・言葉の杖 ―先人の名句、名言より―〔2012年1月6日〕

杉原米和（すぎはら・よねかず）

1956年、石川県七尾市生まれ。金沢大学教育学部中等国語課程卒業。早稲田大学国語国文学専攻科修了後、京北学園で国語を担当、2003年京北学園白山高等学校教頭、2007年同副校長、2009年、2010年京北幼稚園長を兼務。2011年東洋大学と京北学園の法人合併により東洋大学京北学園白山高等学校副校長。勤務のかたわら、青山心理臨床教育センターをはじめ7年間民間のカウンセリング研究所で学ぶ。産業カウンセラー、日本カウンセリング学会会員。著書に「関係をはぐくむ教育」（EDI）、「加能作次郎ノート」（武蔵野書房）、「ミリアニア　石川の近代文学」（共著・能登印刷出版部）など。また雑誌「月刊国語教育」で国語教育、文学散歩、書評等の記事を多数執筆。

白山の丘の上から　生徒と共に生きる

2014年2月20日　初版第1刷発行

著　者　杉原米和
発行人　安　修平
発　行　株式会社みくに出版
〒150-0021 東京都渋谷区恵比寿西2-3-14
電話03-3770-6930　FAX.03-3770-6931
http://www.mikuni-webshop.com/
編集協力　本郷明美
イラスト　三輪一雄
デザイン　古屋真樹（志岐デザイン事務所）
印刷・製本　サンエー印刷
ISBN978-4-8403-0537-2　C0037